LA FIANCÉE DE NIKOS

DANS LA MÊME SÉRIE

1. *Le pouvoir des Trois*
2. *Le baiser des ténèbres*
3. *Le sortilège écarlate*
4. *Quand le passé revient*
5. *Rituel vaudou*
6. *Menaces de mort*
7. *Le violon ensorcelé*
8. *Le secret des druides*
9. *La fiancée de Nikos*

À paraître

10. *La statue maléfique*

Charmed™

LA FIANCÉE DE NIKOS

Une novélisation d'Elizabeth Lenhard
d'après la série télévisée « Charmed »
créée par Constance M. Burge

Fleuve Noir

Titre original :
Soul of the Bride

Traduit de l'américain
par Florence Mantran

ISBN : 2-265-07317-2

Prue se baissa devant le viseur du vieil appareil, rabattant le drap de velours.

— Tout ça me semble au point, déclara-t-elle. Phoebe, si tu pouvais t'écarter un peu de Nikos, ce serait encore mieux. Et Piper, si tu avais l'air moins figé, ça aiderait.

— Elle se prend pour Annie Leibovitz, ou quoi ? marmonna sa sœur en étouffant un rire.

Prue leva haut le flash devant elle et lança :

— Parfait ! On y va ! Un, deux, trois… !

Pshhhttt !

Aveuglée par l'éclair, Piper mit plusieurs secondes à récupérer une vision normale. Et, lorsqu'elle regarda autour d'elle, ce fut pour apercevoir Arès, effondré à ses pieds.

— Prue… articula-t-elle alors d'une voix blanche.

Nikos, Chloé, Kurt… ils gisaient tous, effondrés par terre.

1

— Prue ? Je peux vous voir un instant, s'il vous plaît ?

Levant les yeux de sa planche-contact, Prue Halliwell vit son patron, Nick Caldwell, qui l'appelait de son bureau. Elle sursauta. Photographe au *415*, le magazine le plus tendance de San Francisco, elle avait affaire à toutes sortes de chefs. Mais, avec M. Caldwell, le grand manitou, toujours élégant avec ses tempes grisonnantes et ses costumes impeccables, elle n'échangeait que des bonjours polis.

Glissant sa planche dans une chemise cartonnée, elle lui répondit par un léger mouvement de tête et se leva. L'estomac noué, elle traversa le vaste plateau paysagé qui regroupait l'ensemble des bureaux de la rédaction. M. Caldwell allait-il lui annoncer qu'il la virait ?

Prue s'efforça de chasser cette affreuse idée de

son esprit et passa une main dans sa souple chevelure brune. Arrivée devant le bureau de son patron, elle afficha un sourire aussi radieux que forcé.

— Vous désirez me voir, monsieur ? lui demanda-t-elle d'une voix crispée.

— Oui, entrez, lui répondit-il en retournant s'asseoir à son bureau. Et fermez la porte, s'il vous plaît.

Hou là, se dit-elle, *je crains le pire…*

— Prue, commença-t-il, il faut que je vous dise…

À quoi bon être une sorcière si je ne peux pas utiliser mes pouvoirs pour disparaître sous terre, dans des moments pareils ?

— … j'apprécie beaucoup votre travail.

— Que… comment ? balbutia-t-elle en écarquillant ses grands yeux bleus.

— Vos photos sont éclatantes de vie. Il est clair que vous avez du talent, même s'il est encore un peu à l'état brut.

— Merci ! répliqua Prue, au comble du bonheur.

Pourquoi vouloir recourir à la magie, si j'ai… du talent.

— Alors, voilà ce que je vous propose, poursuivit-il. Nous n'avons encore rien prévu pour la couverture d'août. Je voudrais vous donner une chance. Si – et *seulement* si – vous prenez une photo qui m'en mette plein la vue, la couverture est à vous.

— Et… sur quel sujet ?

— À vous de voir, Prue. Cela peut être une excellente opportunité pour vous. Mais sachez que d'autres photographes sont sur les rangs. Vous aurez affaire à forte partie, alors faites de votre mieux.

— C'est bien mon intention, monsieur, dit-elle en se levant.

De toute évidence, M. Caldwell la connaissait mal. Si ses deux sœurs, Piper et Phoebe, avaient été là, elles se seraient fait une joie de lui prouver à quel point Prue était perfectionniste.

— Merci de m'offrir cette chance, monsieur Caldwell. Je vous promets de… vous en mettre plein la vue.

Le sourire aux lèvres, Prue ressortit du bureau de son patron et fila prendre l'air, bien trop excitée pour se pencher maintenant sur ses planches-contact. Il lui fallait trouver au plus vite une idée d'enfer pour sa couverture. Ses sœurs allaient sûrement l'aider.

Depuis que Prue, Piper et Phoebe s'étaient installées dans la demeure de leur grand-mère, à San Francisco, elles se sentaient unies par un lien indéfectible. Elles se conseillaient mutuellement, sur le plan professionnel comme sur le plan sentimental, sur tout ce qui concernait la mode, les sorties et, bien sûr, leurs pouvoirs magiques.

Elles avaient découvert qu'elles étaient des sorcières – les Charmed – lorsque, un jour, Phoebe avait trouvé le *Livre des Ombres* dans leur grenier. L'énorme volume était bourré d'incantations, de recettes de potions, de secrets transmis à leurs descendantes par des générations de sorcières Halliwell, dont leur mère et leur grand-mère.

Toutes deux avaient disparu, aujourd'hui, laissant sur les épaules de Prue et de ses sœurs le lourd poids de cet héritage ancestral : elles devenaient ainsi les magiciennes les plus puissantes de la planète. Mais, des magiciennes qui avaient pour mission de défendre les innocents. Ensemble, elles détenaient le Pouvoir des Trois, qui, de ce fait, les rendait quasiment invincibles. Ce qui n'empêchait pas pour autant toutes sortes de démons ou de sorciers de tenter régulièrement de les anéantir.

C'est un peu flippant mais, au fond, la vie reste belle pour nous trois, songea Prue en cliquant sur la clé de sa BMW.

Comment expliquer, cependant, à un petit ami qu'elle pouvait, d'une pichenette, déplacer les objets à distance ? Ou que Piper avait la capacité de figer le temps ? Ou que Phoebe était sujette aux visions et qu'elle pouvait se déplacer dans l'espace – un pouvoir qu'elle s'était récemment découvert et qu'elle ne maîtrisait pas encore de façon totale ?

Bien sûr, sauver le monde des puissances du mal n'était pas de tout repos, et cela allait souvent à l'encontre de leur travail.

— Mais pas cette fois, murmura Prue avec détermination. Rien ni personne ne s'interposera entre moi et cette couverture. Rien !

*
* *

— Ce n'est pas si mal, Halliwell. Votre imitation de Van Gogh est bonne mais vous pourriez aboutir à quelque chose de plus original, je pense.

Sur ces paroles, Mme Winter, le professeur d'art s'éloigna d'un air hautain du chevalet de Phoebe.

Plus original... Je rêve ! songea-t-elle, vexée. *Moi qui me croyais inspirée, j'ai encore tout faux.*

Les études n'avaient jamais été son point fort mais, depuis qu'elle était retournée à l'université pour y suivre des cours de peinture, elle faisait tout pour ne plus se contenter de notes médiocres. Dépitée, elle posa son pinceau et commença à se perdre dans des pensées négatives lorsqu'une voix masculine et profonde la tira de ses rêveries.

— Ne l'écoutez pas. Moi, je trouve votre travail tout à fait étonnant.

Phoebe se retourna et son cœur s'arrêta net devant l'homme à la chevelure brune qui se tenait non loin derrière elle. Vêtu d'un jean délavé et d'une chemise qui avait connu des jours meilleurs, il la considérait d'un intense regard bleu marine. D'où avait-il surgi, tout d'un coup ?

— C'est mon premier jour ici, lui déclara-t-il comme s'il venait de lire dans ses pensées. Je m'appelle Nikos. Et *vous*, vous êtes manifestement l'étudiante la plus douée de la classe. Vos iris sont incroyables, mademoiselle…

— Phoebe… je veux dire, Phoebe Halliwell. Mais vous pouvez m'appeler…

— Phoebe ? répéta-t-il sur un ton moqueur.

— Euh… oui. Et vous… Nikos, d'où vient ce nom ?

— De Grèce, répondit-il avec un sourire dévastateur. Je descends d'une longue lignée de Grecs. Nos origines sont… très lointaines.

— Et… vous travaillez sur quoi, si je peux me permettre ?

Jetant un regard de biais, elle avisa sa toile et retint de justesse un hoquet de surprise. C'était peut-être son premier jour ici mais il était loin d'être un débutant !

— C'est… c'est hypnotisant ! souffla-t-elle.

S'approchant de son chevalet, elle s'extasia sur le paysage de marais que son pinceau avait tracé, dont les camaïeux de gris et de brun s'harmonisaient merveilleusement avec le vert de l'eau, au-dessus de laquelle flottaient d'étranges silhouettes spectrales.

Fascinée, Phoebe ne parvenait plus à détacher son regard de la peinture de Nikos, qui semblait plonger dans l'infini… et l'y attirer en même temps.

— C'est tellement sombre et glauque… murmura-t-elle.

Avant de s'empresser d'ajouter :

— … dans le bon sens du terme, je veux dire.

— Ne vous en faites pas, sourit-il. Tout mon côté sombre, je l'investis dans ma peinture. Dans la vie, je serais plutôt d'un optimisme ravageur.

— Oh, vraiment ?

— Laissez-moi vous le prouver. Si on allait boire un café ?

— Avec plaisir, répondit-elle, le cœur gonflé d'excitation. Je n'ai pas de cours pendant l'heure qui suit.

Assise à la table de la cuisine, l'un de ses endroits favoris au milieu du chaos de la vaste demeure Halliwell, Piper s'abîmait dans une tâche qu'elle détestait : les comptes mensuels de son night-club, le *P3*.

Alors que ses doigts couraient sur les touches de la calculatrice, elle se rendit compte que tout cela l'ennuyait profondément. Elle ne faisait que travailler. La nuit, elle jouait à la maman et au boss pour ses employés du *P3* ; le jour, elle se battait pour sauver des innocents, ou luttait contre les sorciers qui tentaient de percer les secrets des sœurs Halliwell.

— Même mon pouvoir m'ennuie, soupira-t-elle. Bien sûr, je peux figer le temps mais, à part ça, j'ai l'impression de stagner. Prue se lance dans une passionnante carrière de photographe, Phoebe ne pense plus qu'à la reprise de ses études. En plus, elles attirent les hommes comme des aimants, alors que moi…

Elle songea, non sans un pincement de culpabilité, à l'Ange Blanc, Léo, son amour. Bien sûr, elle l'adorait mais, être amoureuse d'un être surnaturel d'environ quatre-vingts ans n'était pas très normal. Un être archi-occupé, de surcroît, qui était rarement présent. Pendant ce temps, les vrais hommes, les mortels, ne semblaient jamais lui accorder le moindre regard. Et la pauvre Piper, invisible aux yeux de tous, se lamentait de se sentir si seule.

— Tu ne croiras jamais ce qui m'est arrivé aujourd'hui, lui lança soudain Prue, dans l'entrée.

— Oh, si, certainement… répliqua-t-elle sur un ton maussade.

Sa sœur aînée entra dans la cuisine, jeta son sac sur le bar et s'assit en face d'elle, les joues roses d'excitation.

— Alors, qu'est-ce qui t'est arrivé ? demanda Piper.

— J'étais en train de…

Clac !

La porte d'entrée. Ce devait être Phoebe.

— Il y a quelqu'un ? résonna la voix de la plus jeune sœur Halliwell. Vous n'allez pas croire ce qui m'est arrivé, aujourd'hui !

Bondissant dans la cuisine, elle se dirigea droit vers le frigo.

— Mon boss vient de me faire une superproposition, annonça Prue en se penchant vers Piper.

— J'ai rencontré un garçon génial, enchaîna Phoebe avant de s'asseoir à son tour, une assiette de fromage à la main.

Comme elles se mettaient à parler en même temps, Piper les considéra l'une après l'autre et se crut en train de regarder un match de ping-pong.

Secouant la tête, elle songea qu'on ne pouvait pas être plus dissemblables qu'elles trois. Prue avait les cheveux noirs et le teint clair ; elle était vive, sérieuse et hyperprofessionnelle. Phoebe, devenue blonde, avait le teint mat, et une allure hippie qui allait de pair avec sa distraction et son insouciance. Piper, quant à elle, avec ses longues boucles brunes et ses traits délicats, se situait quelque part entre ses deux sœurs : travailleuse, un brin timide et plutôt du genre poule mouillée, selon elle-même.

Comment, dans ce cas, pouvaient-elles être si proches ? Pourtant, dès qu'elles avaient découvert qu'elles étaient les Charmed, Prue, Piper et Phoebe s'étaient retrouvées aussi soudées que… qu'une assemblée de sorcières.

— Il s'appelle Nikos… lâcha soudain Phoebe en tirant Piper de sa rêverie.

— J'ai dix jours pour faire la photo qui laissera M. Caldwell baba, enchaîna Prue.

— Super, Prue ! répliqua-t-elle. Mais… ça me donne une idée ! Si on prenait Nikos comme modèle ? Il a un look d'enfer ! Et puis, tu auras besoin d'une assistante, non ? Alors, je me propose ! Ce sera le moyen de mieux faire connaissance avec Nikos.

— Phoebe, lui dit Prue avec un sourire, je ne sais même pas encore quel sera le sujet de ma photo. C'est peut-être un peu prématuré de demander à Nikos de poser, tu ne crois pas ?

Malgré elle, Piper laissa échapper un soupir de lassitude.

— Qu'est-ce qu'il y a ? lui demanda Phoebe.

— Oh, rien… reprit-elle en lui prenant des doigts un morceau de fromage.

— Si, Piper, il y a quelque chose qui t'embête ! intervint Prue. Ça se voit comme le nez au milieu de la figure. Raconte.

— C'est… Je… me sens un peu fatiguée, c'est tout.

— Il y a autre chose, insista Phoebe.

— Oui, en fait… finit-elle par avouer. Voilà, je vous envie un peu, toutes les deux. Vous avez une vie excitante, il vous arrive sans cesse des tas de choses nouvelles, et moi je suis en permanence plongée dans les comptes de mon pauvre *P3*.

— Mais, de quoi te plains-tu ? s'indigna Prue. Tu es une sorcière avec des superpouvoirs, tu es sexy en diable, tu diriges le club le plus branché de la région, et tu t'ennuies !? Je ne comprends pas…

— Je sais ce qu'il te faut ! s'exclama Phoebe. T'éclater une nuit en ville ! Allez, on décide d'une date pour une sortie entre sœurs, dans un endroit où on n'est encore jamais allées. Le *Heaven*, par exemple, un nouveau cabaret. Ça te dit ?

— Heu… oui.

Piper devait admettre que l'idée de changer d'air ne lui déplaisait pas.

— Génial, lança Phoebe avant de lui planter un baiser sur la joue. On va passer une folle nuit ensemble, et tu vas regretter d'avoir osé dire que la vie était ennuyeuse !

2

Le lendemain matin, Prue se rendit tout droit à la bibliothèque. Elle continuait de se creuser la cervelle pour trouver l'idée d'une couverture explosive, mais l'inspiration lui manquait. Peut-être que fouiller dans les archives de photos historiques l'aiderait un peu.

Une demi-heure plus tard, une pile de bouquins sous le bras, elle s'installait sans bruit dans la salle de lecture. Tandis qu'elle feuilletait le premier volume, elle tomba sur des photos de suffragettes.

Intéressant, mais ça ne fera pas l'affaire. Il faut une photo à laquelle tout le monde peut se référer.

Dans un autre, elle trouva de magnifiques paysages de montagne, de désert, de mer…

C'est beau, mais tout le monde en fait.

— C'est incroyable, résonna soudain une voix

grave derrière elle. Vous avez avec vous presque la moitié de la section photo.

Prue se figea et roula des yeux surpris avant de se retourner. Même dans une bibliothèque, on se faisait accoster, maintenant ! Elle allait répliquer vertement à cet homme ce qu'elle pensait, lorsque quelque chose l'arrêta. Son regard, très exactement. Il était gris-vert, orné de longs cils noirs, et plissé par le sourire le plus adorable qu'elle ait jamais vu. Sans parler des superbes cheveux bruns qui lui entouraient le visage, et du corps d'athlète qui se devinait sous ses vêtements.

— Je regrette de vous déranger ainsi, mais je suis journaliste et je crois que vous avez précisément le livre que je recherche… dans l'énorme pile que vous avez embarquée.

— Embarquée… ? Je les ai empruntés, c'est tout. Je suis photographe, pour tout vous dire, et je cherche… mais, asseyez-vous donc.

Mon Dieu, je ne le connais même pas et je lui propose de s'asseoir. Qu'est-ce qui me prend ? Je perds la tête !

— Je m'appelle Mitchell, annonça-t-il en lui tendant la main avant d'approcher une chaise. Mitchell Pearl, du *National Geographic*.

— Vous plaisantez ! s'étrangla-t-elle. Bosser au *National Geographic*, c'est le rêve de tous les journalistes ! Vous travaillez sur quoi ?

— Je dois bientôt partir pour le Viêtnam, en fait. Je prépare un reportage sur le nouveau Saigon. C'est un livre bien spécifique sur des photos de guerre, que je suis venu chercher. Ah, le voilà ! Ça vous embête si je jette un coup d'œil ?

— Je vous en prie. Je m'appelle Prue Halliwell. Moi-même, je cherchais des idées pour le *415*.

— Le *415* ? Les meilleurs photographes travaillent pour ce magazine, si je ne me trompe pas. Vous devez être très douée.

— Peut-être que je le deviendrai, qui sait… Je débute encore dans le métier. Je me suis lancée dans ce job en début d'année, seulement. Aujourd'hui, j'ai une couverture à faire et je n'arrive pas à trouver la moindre idée.

— Vous êtes pourtant dans le bon endroit, ici, reprit-il en extirpant un autre livre de la pile que Prue avait apportée. Regardez-moi ces photos sur l'art du portrait victorien. Elles sont superbes, non ?

Il montra à Prue la photographie d'un groupe de neuf femmes aux allures de déesses grecques, vêtues de longues tuniques fluides, les bras ceints de lourds bracelets, les cheveux ornés de couronnes de fleurs dorées. L'une d'elles portait une lyre, et une autre tendait la corde d'un arc.

— Laissez-moi voir ça, demanda-t-elle en tirant le livre vers elle. Mais oui, ce sont les neuf muses de la mythologie ! Ça y est, j'ai trouvé ! Un sujet sur l'architecture victorienne à San Francisco ! Je pourrais mettre en scène un tableau comme celui-ci. Et je sais exactement où prendre ma photo !

— Vous voyez ? lui dit-il. Ce n'était pas si difficile.

— Mitchell, il faut que je vous remercie. Je crois que vous avez résolu mon problème. Ce qui veut dire que cette pile de bouquins est pour vous ; je n'en ai plus besoin.

Saisissant l'album qui l'intéressait, Prue se leva, aussitôt imitée par Mitchell.

— Oh, ne me remerciez pas. C'est vous seule qui avez eu cette idée.

— Mais vous m'avez aidée à trouver mon inspiration. Sans vous, je ne serais arrivée à rien.

— Eh bien, si vous ressentez vraiment le besoin de me remercier, laissez-moi vous inviter à déjeuner… demain, par exemple.

— Oh, je… je ne sais pas. J'ai une date limite pour ce travail et… Mais, et vous ? Vous ne devez pas vous envoler bientôt pour le Viêtnam ?

— Pas avant deux semaines. Mais, si ma proposition ne vous enchante pas, je ne me vexerai pas de vous voir refuser.

— Oh, non, ne croyez pas ça ! Il n'y a pas que le travail… heureusement. La vie serait trop triste.

Je ne vais tout de même pas sacrifier ma vie personnelle à ma carrière.

— J'accepte, bien sûr, déclara-t-elle en affichant un sourire radieux. Je serai très heureuse de déjeuner avec vous demain.

— Merveilleux ! reprit-il. Je sais où je vais vous emmener : un petit restaurant vietnamien qui vient d'ouvrir, au *Castro*. Il fait très authentique, m'a-t-on dit. Si vous y venez avec moi, vous m'aiderez dans mes recherches.

— À vrai dire, je ne crois pas que vous ayez besoin d'aide, Monsieur National Geographic, le taquina-t-elle. Mais dîner vietnamien me branche tout à fait.

— Parfait. Je passe vous prendre à midi ?

— D'accord, dit Prue en glissant son sac sur son épaule.

Après avoir laissé son adresse à Mitchell, elle alla enregistrer l'emprunt de son livre et, quelques minutes plus tard, se retrouva sur le parking… à tenter de faire le vide dans son esprit. Elle avait trop de travail pour se laisser intoxiquer par le sourire ravageur de cet homme.

Assise au volant de sa BMW, elle sourit en songeant à l'idée de génie qu'elle avait eue. L'endroit idéal pour représenter l'incroyable architecture victorienne de San Francisco était tout trouvé : la demeure des Halliwell.

À peine rentrée de l'université – et après avoir décidé d'un autre rendez-vous avec Nikos –, Phoebe s'installa confortablement dans un fauteuil d'osier, sous la véranda du jardin d'hiver. Le regard perdu, elle se prit à penser que, décidément, ce garçon était parfait. L'heure et demie qu'elle venait de passer avec lui s'était écoulée à la vitesse de l'éclair.

Comme moi, il aime Georgia O'Keeffe. Et, comme moi, il cherche encore désespérément sa voie.

— Je ne m'imagine pas faire autre chose que de la peinture, lui avait-il dit en repoussant une mèche rebelle de son immense front. C'est le seul don que je possède.

— Que tu possèdes à merveille, lui avait-elle répondu avec enthousiasme. Alors, où est le problème ?

— Le problème, c'est qu'on ne peut pas vivre de sa peinture. C'est du moins ce que mon père ne cesse de me répéter. Il rêve de me voir devenir comptable ! Mais moi, j'ai d'autres idées en tête.

— Ah oui ? Et lesquelles ?

— Celle, entre autres, de faire une peinture de toi. Avec le visage que tu as, je ferais fortune.

À ces mots, Phoebe avait éclaté de rire avant d'avaler une gorgée de son cappuccino.

— Je parle sérieusement, avait insisté Nikos. Tu es extraordinaire, tu sais. Ce serait un honneur pour moi de faire ton portrait, un jour.

Dans la véranda, Phoebe ferma les yeux et s'imagina, allongée sur une chaise longue tendue de velours vert, devant Nikos qui la peignait. *Kate Winslet, tu peux aller te rhabiller !*

— Superbe…

— Quoi ?

— Ne t'affole pas, lança soudain la voix de Prue, à l'entrée. Je ne parlais pas de toi mais de la luminosité. Cette véranda sera parfaite pour mes photos.

Relié à la maison par une arche de bois sculpté, le jardin d'hiver ressemblait à une jolie cage de verre… où il ne manquait peut-être que les oiseaux. Rempli de plantes exotiques et inondé de soleil, il était séparé du salon par une lourde tenture de velours vert pâle, que les sœurs Halliwell gardaient le plus souvent ouverte pour laisser entrer la lumière.

— Tu vas faire tes photos ici ? lui demanda Phoebe.

— Oui, c'est l'endroit idéal, non ?

Piper apparut à cet instant sur le seuil et lança :

— Bonjour et au revoir ! Je pars travailler. Le *P3* commence à se lamenter sans moi…

— Attends une seconde ! s'écria Prue. Je vais avoir besoin de ton aide.

— Mon aide ? répéta-t-elle en posant sa serviette à ses pieds. Pourquoi ?

— Pour ma photo de couverture. C'est décidé, c'est ici que je vais la faire !

Sortant de son sac à dos un énorme livre, elle l'ouvrit à la page où posaient les neuf muses.

— Je voudrais créer une scène comme celle-ci, mais avec des couples, expliqua-t-elle à ses sœurs. Il y en aura sans doute quatre. Les filles porteront des tuniques fluides, des sandales et une couronne de laurier – comme dans la Grèce antique. Et je prendrai mes photos ici, sous la véranda. Ce sera parfait pour illustrer le thème que j'ai choisi : l'architecture victorienne de San Francisco.

Son appareil devant les yeux, Prue prit plusieurs clichés du jardin d'hiver.

— Oui, ajouta-t-elle pour elle-même, je crois que ça va être génial.

— Tu as eu une idée d'enfer, lui assura Phoebe.

— Oui, une idée d'enfer… reprit Piper. Mais, pourquoi as-tu besoin de moi, Prue ?

— Parce que tu es une bête, en mythologie. Si

je me rappelle bien, tu étais la seule de la classe à avoir choisi le latin, non ?

— D'accord, mais ça ne fait pas de moi une surdouée en ce qui concerne la Grèce antique.

— Plus que moi, en tout cas. Je suis certaine que tu sauras me conseiller sur des tas de petits détails.

— Si tu le dis… Alors, tu veux mettre quatre couples en scène ? Les dieux de l'Olympe, c'est ça ? Il te faudra donc Zeus et Héra – les noms grecs de Jupiter et Junon. Et, voyons… Artémis et Apollon, les jumeaux. Et puis aussi Aphrodite et Arès – Vénus et Mars, pour les Romains, si tu préfères.

— Tu vois, tu es une vraie déesse, Piper ! s'exclama Prue en l'embrassant. Je savais que je pouvais compter sur ton savoir.

— Quand tu veux, ma chère. Maintenant, si tu permets, il faut que j'aille bosser.

— Euh, attends… ce n'est pas fini.

— Bon, lâcha Piper en laissant de nouveau tomber sa serviette. Je t'écoute.

— Voilà : il faut que je trouve huit modèles…

— Pas tout à fait, intervint Phoebe en se levant d'un bond.

— Pardon ?

— Je… j'en ai un à te proposer. Nikos… Je t'en ai parlé, hier. Je crois qu'il serait parfait pour ta photo. Et je suis sûre qu'il acceptera de poser. Il ferait n'importe quoi pour l'art, tu comprends. Et... pour moi aussi.

— Waouh ! s'écria Piper. À ce point-là ?

— Oui... et il me fait complètement craquer, lui aussi. Mais notre relation ne se borne pour le moment qu'à deux cafés pris ensemble à la sortie des cours ! Et cette séance de photos serait peut-être une bonne occasion d'aller plus loin, tu ne crois pas, Prue ? Oh, dis oui, s'il te plaît ?

— En fait, soupira-t-elle, j'allais faire appel à des mannequins professionnels, mais peut-être que ça me coûterait moins cher de prendre Nikos... D'accord, Phoebe, ça marche.

— Merci, grande sœur, tu es super !

— Maintenant, il me reste à trouver les sept autres.

— Six !

— Je sais compter, Phoebe, je crois.

— On ne dirait pas. Pourquoi faire venir un mannequin alors que tu disposes d'une sœur parfaitement capable de faire la même chose ?

— Pour te voir en permanence pendue au cou de Nikos pendant qu'on essaiera de travailler, non merci.

— Pendue au cou de Nikos ? Tu me prends pour qui ? Je sais me montrer aussi professionnelle que n'importe quelle mannequin, même si je ne suis pas aussi squelettique. Je te jure que je saurai me tenir. Je pourrais être Héra, et Nikos serait l'autre… comment est-ce qu'il s'appelle, déjà ?

— Zeus, répliqua sèchement Piper. Comme le roi des dieux, tu situes ?

— Ah, lui… reprit Phoebe sur un ton absent. Parfait, ce sera parfait.

— Je ne sais pas, dit Prue en se mordant la lèvre.

— Attends, j'ai mieux à te proposer, insista-t-elle. L'université est bourrée de superbes garçons et filles. Je suis sûre que je peux te trouver six autres modèles sans aucun problème. Des personnes responsables, je te le promets. Là, tu pourras vraiment dire que tu économises… grâce à moi. Tu connais une meilleure façon de faire plaisir à ton éditeur ?

— On dirait que notre Phoebe a marqué un point, commenta Piper, une main sur le menton.

— Bon, d'accord, lâcha finalement Prue. Mais, à une seule condition : c'est toi qui t'occupes de les engager. Et ne me fais pas faux bond au dernier moment, surtout.

— Compte sur moi, Prue. Tu peux considérer ta photo comme faite.

— Bon, je vois que vous n'avez pas besoin de moi, finalement, déclara soudain Piper.

Récupérant sa serviette, elle se dirigea vers la

porte d'entrée. Mais, alors qu'elle posait la main sur la poignée, Prue apparut subitement devant elle, lui bloquant le passage.

— Prue ! s'exclama-t-elle en se retournant vers le salon. Tes projections astrales dans la maison, tu sais que je déteste !

Devant elle, la silhouette luminescente et transparente de sa sœur aînée scintillait tel un spectre. Une représentation d'elle-même qu'elle pouvait faire surgir à tout moment, à n'importe quel endroit.

— Désolée, Piper, résonna sa voix derrière elle, mais je ne pouvais pas te laisser partir comme ça. J'ai une autre petite faveur à te demander.

— Oui… ? interrogea-t-elle, les mains sur les hanches.

— En fait, la séance de photos va certainement nous prendre une journée entière et… enfin… il faudra bien que je nourrisse mes modèles.

— Tu veux que je fasse la cuisine pour dix personnes ? s'étrangla Piper.

— Oui. Et il me faudra aussi une assistante. S'il te plaît, Piper, ce serait amusant ! Tu m'as dit que tu voulais mettre au point d'autres recettes pour le *P3*. Eh bien, voilà l'occasion de les essayer, non ? Et puis, cette couverture représente un gros challenge pour moi ; j'ai besoin de ton appui, voilà.

Bien sûr, Piper ne demandait qu'à aider ses sœurs. Mais, une fois de plus, elle avait l'impression de rester à l'arrière-plan, par rapport à Prue et Phoebe. Et ce n'était pas le fait de jouer les cordons bleus qui allait arranger les choses.

— J'imagine que, puisque je ne commence à travailler que tard le soir, je n'ai pas le droit de refuser.

— Merci, petite sœur, lui dit Prue en l'embrassant de nouveau. Qu'est-ce que je ferais sans toi ?

— Je ne sais pas… Tu commanderais des pizzas, peut-être ?

Le lendemain, assis l'un en face de l'autre dans un restaurant vietnamien, Prue et Mitchell échangeaient leurs expériences dans le monde du journalisme.

— Alors, où en est ton projet de couverture ? lui demanda-t-il.

— Ça roule. La séance aura lieu chez moi, dans deux jours.

— Chez toi ?

— Oui, dans le manoir de la famille.

— Hum, tout ça me paraît très romantique.

Mais, au fait, je pense à quelque chose : tu as un assistant ?

— Non. À vrai dire, j'allais en parler à mon éditeur.

— Inutile. Je peux te servir d'assistant, si tu veux.

— Toi ? répliqua-t-elle d'un air sceptique.

Que faire ? Mitchell n'avait aucune expérience en la matière ; si elle devait le corriger en permanence, leur relation naissante en prendrait certainement un coup.

— Tu es écrivain, Mitchell, lui rappela-t-elle d'une voix douce. Tu ne connais pas grand-chose à la photo, aux éclairages, etc.

— Je suis journaliste, objecta-t-il. Je sors de l'école de journalisme de Columbia. Et, là-bas, tout le monde apprend à faire de la photo.

— Et… ça ne te gênerait pas de recevoir des ordres de… d'une femme avec qui tu sors déjeuner ?

— Aucune importance. J'adorerais te voir travailler, au contraire.

— J'aimerais pourtant savoir pour quelle raison tu es prêt à sauter une journée de recherche sur le Viêtnam pour venir me regarder prendre des photos ?

— C'est que… soupira Mitchell avant de se pencher au-dessus de la table.

Sans crier gare, il lui posa un doux baiser sur les lèvres, puis se rassit, en prenant l'air le plus innocent du monde. Étrangement envoûtée par ce baiser auquel elle ne s'attendait pas, Prue, l'espace d'un instant, oublia tout autour d'elle, et Mitchell dut lui prendre les mains pour la secouer et l'extirper de sa rêverie.

Oh, si seulement tu savais, songea-t-elle alors. *Si tu savais…*

3

— Phoebe, tu n'es pas encore debout ? s'indigna Prue en entrant dans sa chambre.

— Quoi… quelle heure est-il ?

— Huit heures ! La séance commence dans deux heures et il nous reste dix millions de choses à faire avant !

— Ah, oui… lesquelles ? demanda-t-elle en tirant la couette jusque sur son menton. Trouver les mannequins dont tu avais besoin ? C'est fait, grâce à *moi*. S'assurer qu'ils seront bien ici à dix heures ? C'est fait aussi, et toujours grâce à *moi*. Je crois que la seule chose que je n'ai pas réussie ce matin, c'est d'avoir eu assez de sommeil pour être photogénique, Prue.

— Je sais, sourit celle-ci en s'appuyant contre le chambranle. Tu t'es dévouée pour moi, Phoebe. Avec les décors à installer et les costumes à dégoter, je ne sais pas comment je m'en serais tirée toute seule.

— Au moins tu le reconnais, c'est déjà ça, bâilla-t-elle.

— Hum... Est-ce que Nikos fera partie de ces superbes athlètes que tu as réussi à embaucher ?

— Bien sûr. Tu aurais vu sa tête quand je le lui ai proposé. Il avait l'air super-étonné mais super-content, aussi. Il est trop craquant... Il faut absolument que j'en fasse mon petit ami !

— Avant ça, il faudrait peut-être que tu te lèves. Allez, hop !

Un simple geste du doigt, et la couette s'envola du lit pour atterrir mollement sur la moquette.

— Ah, non, Prue, pas de télékinésie avant le petit déjeuner, s'il te plaît ! Tu es vraiment une *sorcière* !

— Qui oserait prétendre le contraire ? Maintenant, dépêche-toi de prendre ta douche, j'ai besoin de toi pour vérifier les costumes.

— La journée s'annonce décidément très mal, marmonna Phoebe en se dirigeant d'un pas traînant vers la salle de bains.

Au rez-de-chaussée, tandis que Piper préparait une énorme salade de pâtes au basilic, Prue mettait une dernière touche à sa mise en scène.

— Je voudrais m'assurer que je ne fais pas de bêtise avec mes personnages. On placera donc Zeus et Héra au centre, puisque ce sont eux les maîtres des dieux, c'est ça ?

— Oui, répondit Piper en coupant des tomates en rondelles. Après eux, tu as Arès et Aphrodite, autrement appelés Mars et Vénus.

— Tu veux dire que ces deux-là ont eu une histoire d'amour ?

— Plutôt, oui ! Vénus a trompé le dieu du Feu et des Forges, son mari Héphaïstos qui était laid et difforme, avec Arès, le dieu de la Guerre.

— Dis donc, c'est un vrai *soap* qui se passait là-haut !

— Attends, ce n'est pas fini, reprit Piper. Tu as ensuite Artémis – la Diane des Romains –, la déesse de la Chasse, et Apollon, le dieu de la Musique, qui étaient jumeaux.

— C'est donc lui qui tiendra la lyre.

— Exactement. Et, pour finir, tu as le couple d'enfer, c'est le cas de le dire : Hadès – autrement dit, Pluton – et Perséphone.

— Leur histoire, qu'est-ce que c'est ? demanda Prue, curieuse.

— Hadès est le dieu des Enfers. Il a enlevé une jeune déesse, Perséphone, pour en faire sa femme. Grâce à l'intervention de Zeus, elle aurait pu échapper à ses griffes, mais Hadès lui ayant fait manger un pépin de grenade, cela la condamnait à rester auprès de son époux six mois sur douze, chaque année de sa vie.

— C'est violent, en effet. J'espère que Phoebe a choisi au moins un beau ténébreux, dans le groupe, pour tenir le rôle d'Hadès. J'ai hâte de voir à quoi ils ressemblent, tous.

Comme la sonnette retentissait à cet instant, Prue lâcha :

— Tiens, il y en a un qui est en avance…

Puis elle courut dans l'entrée pour aller l'accueillir.

En ouvrant la porte, elle se figea de stupeur. Devant elle, se tenait un jeune homme à la taille impressionnante, dont le visage anguleux était dévoré par d'immenses yeux marine, et auréolé d'une masse de cheveux noirs et bouclés. Il avait une main posée sur une étrange boîte de bois fixée sur un trépied.

— Prue Halliwell ? interrogea-t-il avec un sourire à damner un dieu. Je suis Nikos, l'ami de Phoebe.

— Entrez, je vous en prie. Ce… c'est un appareil photo que vous avez là ?

— Parfaitement. Un vieux Brownie, de 1904. Mon père était collectionneur… Quand Phoebe m'a parlé du thème que vous désiriez mettre en scène, j'ai pensé que vous aimeriez faire vos photos avec ça.

— Oh, l'idée de génie ! s'exclama Prue. Un appareil à plaque de verre photosensible, comme au bon vieux temps ! Il va nous donner des clichés qui auront l'air de venir d'un autre âge. Exactement ce qu'il me faut ! Nikos, je ne sais comment vous remercier.

— Ne me remerciez pas. Je ferais n'importe quoi pour la sœur de Phoebe.

— Et pour Phoebe elle-même ? résonna derrière eux une voix chantante. Un petit bonjour, peut-être ?

Tous les deux se retournèrent en même temps pour apercevoir la plus jeune des Halliwell, vêtue d'une longue robe de mousseline couleur chair, dont la taille haute était soulignée par des rubans de satin, qui s'entrelaçaient délicatement au niveau de la poitrine. Phoebe portait aux pieds de fines sandales de cuir, et ses cheveux, entremêlés de rubans dorés, étaient retenus au sommet du crâne par un léger chignon d'où retombaient quelques mèches souples et bouclées. Un bracelet en forme de serpent lui ceignait le bras tandis qu'une perle solitaire pendait à son cou. Ainsi costumée, la jeune femme avait l'air de sortir tout droit d'un bas-relief de la Grèce antique.

— Phoebe… tu… tu es sublime ! balbutia Nikos en la découvrant ainsi.

— C'est vrai, tu es superbe ! renchérit Prue. Parfaite pour la photo.

— Merci, articula-t-elle avant d'aller déposer un baiser sur la joue du jeune homme.

— Bonjour, à toi, dieu de l'Olympe.

— Justement, Phoebe, ton dieu de l'Olympe, il faudrait songer à lui trouver sa tenue, tu ne crois pas ?

— C'est vrai, reconnut-elle. Viens, Nikos, suis-moi.

Tandis que Prue emportait avec précaution le vieil appareil photo sous la véranda, Phoebe entraîna Nikos vers le salon où attendaient les costumes, soigneusement étalés sur les fauteuils et le canapé.

— Tu es vraiment ravissante, Phoebe, lui souffla-t-il une fois qu'ils furent seuls. Toutes les modes te vont, on dirait…

Tremblante, Phoebe ne put s'empêcher de penser : *il va m'embrasser, il va m'embrasser… Mon plan est en train de marcher !*

S'approchant d'elle, il la prit dans ses bras et approchait ses lèvres des siennes, lorsque la sonnerie de l'entrée les fit tous deux sursauter.

— Oh, non… se lamenta-t-elle. Nikos, il faut que j'aille ouvrir.

— Dommage… murmura-t-il avant de la lâcher à regret.

D'un pas irrité, Phoebe se dirigea vers la lourde porte de chêne et l'ouvrit sans ménagement. Debout sur le seuil, lui apparut Chloé, une blonde et mince créature au teint si pâle qu'il semblait transparent.

— C'est bien ici la séance de photos ? demanda-t-elle en jouant les pros.

— Oui, oui…

Mon Dieu, se dit Phoebe, *elle se prend déjà pour une top model ! Si j'avais su…*

Près d'elle, se tenait un très beau garçon à la silhouette athlétique, coiffé de superbes cheveux noirs et bouclés.

— Bonjour, je m'appelle Mitchell, annonça-t-il en tendant la main à Phoebe. Je suis… l'assistant de Prue.

— Ah… oui, bien sûr. Entrez.

— Où sont la maquilleuse et la coiffeuse ? minauda Chloé en se dirigeant vers le salon.

— Euh… c'est moi, articula Phoebe avant de la pousser doucement vers la cuisine.

À Nikos qui la rejoignait, elle souffla sur un ton grave :

— Je crois qu'il faut se mettre au boulot, maintenant.

— Mais on n'en a pas fini, tous les deux, lui répliqua-t-il avec un clin d'œil.

Oh, oui, compte sur moi, Nikos.

Une heure plus tard, sept modèles vêtus de tuniques grecques et de sandales dorées étaient réunis dans la cuisine. La table était jonchée de boucliers, d'arcs, de lyres et de flûtes de Pan. Kurt, le bel éphèbe blond qui tenait le rôle d'Apollon, bavardait en riant avec Madeleine, la rousse qui jouait Héra, pendant que, sous la véranda, Mitchell, aidé de Phoebe et de Nikos, installait les éclairages.

— Phoebe ! appela soudain Prue.

Elle apparut alors à l'entrée de la véranda, habillée d'une vieille salopette et coiffée d'une queue-de-cheval.

— Oui, Prue ? demanda sa sœur. Qu'est-ce qui se passe ?

— Prue… lâcha Mitchell en l'apercevant.

— Oh, bonjour, Mitchell. Je… ne savais pas que tu étais là.

— Eh bien, oui. Phoebe m'a ouvert la porte.

— Il y a un problème ? demanda celle-ci. Nos petits dieux ont pourtant l'air heureux, là-bas, dans la cuisine.

— Justement, tu as remarqué qu'il manquait une déesse à l'appel ?

— Ce… ce n'est pas possible. Je suis sûre… ils m'ont tous assuré qu'ils seraient là aujourd'hui, à dix heures.

— Peut-être, mais il nous manque une femme. Ça va être la galère, si elle ne vient pas.

Piper choisit cet instant précis pour les rejoindre sous la véranda et demander :

— Phoebe, tu ne voudrais pas goûter à mes acras ? Aucun de nos modèles n'en veut ; ils prétendent que c'est trop gras…

— Pas maintenant, coupa Phoebe. On a un gros pr… Oh, attends, Piper !

— Oui, tu en veux, finalement ?

— Non, il s'agit d'autre chose.

Elle jeta un regard interrogateur à Prue qui parut l'approuver.

— Piper… ?

— Vous voulez me demander un autre service, c'est ça ? Eh bien, cette fois, c'est non. Je ne marche pas !

— Écoute, Piper, intervint Prue en s'avançant vers elle. C'est plus qu'un service qu'on te demande. Voilà, tu… tu ne voudrais pas essayer la tunique qui reste au salon ?

— Vous êtes vraiment pathétiques, toutes les

deux ! remarqua-t-elle sous l'œil de plus en plus amusé de Mitchell et de Nikos.

— Soit, on est pathétiques, mais je t'en supplie, essaie cette tunique ! Il y en a une qui n'est pas venue et, si tu ne veux pas prendre sa place, ma photo est fichue ! Et je pourrai ensuite dire la même chose de mes chances au *415*. Tu saisis ?

— Oui, parfaitement, reprit Piper. O.K., j'accepte d'essayer ton fichu costume mais, surtout, si tu me gardes, ne me mets pas devant pour la photo. J'aurais trop honte !

Une quinzaine de minutes plus tard, tous les mannequins étaient rassemblés au milieu du décor victorien que Prue avait installé sous la véranda. Arès et Aphrodite/Piper se tenaient tout près l'un de l'autre, tandis que Perséphone/Phoebe, la prisonnière d'Hadès, lui tournait le dos en prenant un air désespéré.

— Euh… Phoebe, lui lança Mitchell, ne te tiens pas trop près d'Hadès. Tu n'es pas vraiment censée l'aimer, tu sais.

— D'accord… soupira-t-elle en s'écartant d'un millimètre de Nikos.

Mitchell la remercia d'un sourire, puis mesura la luminosité à l'aide d'une cellule.

— Sept point quatre, annonça-t-il à Prue.

— Parfait, dit-elle avant de passer la tête sous le drap de velours qui recouvrait le boîtier de l'appareil. Ça me semble très bien. Tout le monde est prêt ?

— Non, je ne suis pas à l'aise du tout, rétorqua Chloé/Artémis.

Brandissant devant elle un arc et une flèche, elle fixait l'objectif d'un air cruel.

— Ces canapés étaient trop salés et je me sens toute déshydratée. Je pourrais avoir un peu d'eau, s'il vous plaît ? Mais pas minérale, surtout !

Les poings sur les hanches, Prue allait protester quand Mitchell lui posa une main apaisante sur l'épaule avant de répondre à Chloé :

— Oui, je t'apporte de l'eau. De l'Évian ou du Pellegrino ?

— De l'Évian fera l'affaire.

— Tu es un saint, souffla Prue à Mitchell.

— À quoi sert un assistant ? lui sourit-il avant de filer à la cuisine.

Quelques instants plus tard, tout le monde étant de nouveau en place, Prue se baissa devant le viseur du vieil appareil, rabattant le drap de velours.

— Tout ça me semble au point, déclara-t-elle. Phoebe, si tu pouvais t'écarter un peu de Nikos, ce serait encore mieux. Et Piper, si tu avais l'air moins figé, ça aiderait.

— Elle se prend pour Annie Leibovitz, ou quoi ? marmonna sa sœur en étouffant un rire.

Prue leva haut le flash devant elle et lança :

— Parfait ! On y va ! Un, deux, trois… !

Pshhhttt !

Aveuglée par l'éclair, Piper mit plusieurs secondes à récupérer une vision normale. Et, lorsqu'elle regarda autour d'elle, ce fut pour apercevoir Arès, effondré à ses pieds.

— Prue… articula-t-elle alors d'une voix blanche.

Nikos, Chloé, Kurt… ils gisaient tous, effondrés par terre. Seule, Phoebe était encore debout, interdite, les yeux écarquillés de stupéfaction.

Prue émergea alors de sous le drap de velours, l'air totalement paniquée.

— Que… qu'est-ce qui s'est passé ? balbutia-t-elle en courant s'agenouiller devant Kurt.

Elle le secoua doucement et abaissa son visage près du sien.

— Il respire, ouf…

— Héra aussi, dit Piper en prenant la main de Madeleine. En fait, disons plutôt qu'elle ronfle.

— Et Nikos, reprit Phoebe sur un ton attendri. Il a l'air si tranquille… C'est hallucinant de les voir dormir comme ça !

— Oui, c'est incroyable, ajouta Prue. On n'arrive même pas à les réveiller.

— Voilà l'Évian de mademoiselle ! annonça soudain une voix qui venait de la cuisine. Et avec une paille, en plus !

— Mitchell ! lâcha Phoebe, une main sur la bouche.

À peine Piper vit-elle la pointe de sa botte apparaître à l'entrée du salon que, sans réfléchir, elle le figea. Aussitôt, les ronflements d'Héra et le tic-tac de l'horloge comtoise cessèrent. Le temps était arrêté… pour un instant.

— Bon réflexe, Piper, lui dit Phoebe. Je ne sais pas ce qui se passe ici mais c'est un peu flippant !

— Et Mitchell ne doit surtout pas s'en apercevoir, ajouta Prue.

Bondissant vers le rideau de velours, elle en ôta l'embrasse et le tira soigneusement pour séparer la véranda du salon.

Juste à temps car Mitchell « se réveillait » déjà. Sa bouteille à la main, il pénétra dans la pièce et jeta un regard surpris à Prue, debout devant la tenture qui bougeait encore.

— Déjà la pause ? s'étonna-t-il. Tu semblais pourtant avoir hâte d'avancer un peu, Prue ?

— Je sais, mais on a un petit problème…

— Oui, on a des… ennuis de costumes ! lança Phoebe, derrière le rideau. On n'est pas visibles, alors interdiction de regarder !

— C'est vrai, renchérit Prue en poussant

Mitchell vers le vestibule. Ces costumes sont nuls. J'irai les rendre au magasin qui nous les a fournis, et je m'en ferai prêter d'autres… de meilleure qualité.

— Je peux m'en occuper, proposa-t-il alors. Je suis ton assistant, après tout.

— Non ! s'écrièrent en même temps Phoebe et Piper.

— Euh… je crois qu'elles ont raison, articula Prue sur un ton mal assuré. C'est mon nom qui est sur le bon de commande. Ils ne comprendraient pas. J'irai moi-même, ne t'inquiète pas. Et on reprendra la séance cet après-midi.

Ouvrant la porte de l'entrée, elle ajouta :

— Mais ça ne sert à rien que tu perdes ton temps ici ; tu peux rentrer chez toi, finalement. Tu as été adorable, en tout cas. Sans toi, je ne sais pas ce que j'aurais fait. Merci mille fois. Au revoir, Mitchell.

— Attends ! lui lança-t-il en bloquant la porte de son pied. Et la séance de cet après-midi ? Tu auras besoin de moi, non ?

La mort dans l'âme, Prue se sentit obligée de mentir.

— Écoute, je vais te dire : tu es un assistant merveilleux mais je crois que je travaillerai mieux en solo.

— Tu… tu es sûre ?

— Oui, Mitchell.

— Bon… puisque je suis censé comprendre tes raisons, je me retire.

— Très bien… Alors, à plus tard.

— Prue… attends, insista-t-il doucement.

— Oui ?

— Si tu ne veux pas de moi comme assistant, laisse-moi au moins t'emmener dîner demain soir. J'aimerais vraiment te revoir.

— D'accord, se radoucit-elle. Je t'attendrai demain… à huit heures. Ça va ?

— Parfait. À demain… et bonne chance pour la suite.

— Merci, Mitchell.

Refermant la porte à regret, Prue s'appuya contre le battant et laissa échapper un soupir exaspéré. Ces inévitables moments de conflits entre sorcières et mortels la rendaient malade !

De retour au salon, elle ouvrit tout grand le rideau et trouva ses sœurs assises par terre, considérant d'un air désolé les modèles endormis.

— Ils vont bien, lui déclara Piper. Ils sont juste plongés dans un profond sommeil.

— Et moi qui avais des projets avec Nikos après la séance… lâcha Phoebe d'un air morose.

— Et ma couverture, tu y penses !? lui rappela Prue. Ton petit ami, il est quoi, d'après toi ? Un démon ou un sorcier ? Comment veux-tu y voir quelque chose avec ce stupide déguisement ?

— Qu'est-ce qui te fait dire que c'est la faute de Nikos ? s'insurgea Phoebe en bondissant sur ses pieds. Cet appareil photo ne lui appartient pas, après tout. Il dit qu'il l'a trouvé dans la cave de son père. Ce vieux truc peut venir de n'importe où.

— Oui, c'est ça, marmonna Prue avant de sortir la boîte métallique qui contenait la plaque de verre impressionnée. Pour l'instant, je me fiche de savoir qui il est. Mais n'oublie pas que c'est *toi* qui l'as amené ici, que c'est *lui* qui a apporté ce maudit appareil et que, maintenant, on se retrouve avec six personnes ensorcelées, et *dans notre maison*, par-dessus le marché ! Tu imagines la galère, si on n'arrive pas à les faire revivre ?

— C'est vrai, commenta Piper. Je crois qu'on est mal, là.

— Je n'y comprends rien, reprit Phoebe en s'approchant de l'appareil. Ce truc-là ne ressemble à rien d'autre qu'à un vieux machin démodé…

Examinant l'objet de plus près, elle y posa la main. Aussitôt, son corps entier fut parcouru d'une violente secousse. Sous l'effet du choc, elle ferma les yeux. C'était une de ses visions qui la saisissait.

Alors qu'elle marchait à travers un bois sombre et marécageux, elle voyait ses sandales dorées s'enfoncer dans une boue visqueuse. Tandis que les ombres menaçantes des arbres se penchaient au-dessus d'elle comme de sinistres squelettes, elle percevait au loin des cris fantomatiques et angoissés.

Regardant autour d'elle, elle ne distinguait rien d'autre que la brume environnante lorsque, soudain, des soupirs étranges et inquiétants s'élevèrent de sous les feuillages. Terrifiée, Phoebe se figea sur place, avec l'étrange impression que cet endroit avait quelque chose de… familier.

Puis, brusquement, elle cligna des yeux et se retrouva sous la véranda, auprès de ses sœurs.

— Une prémonition, c'est ça ? lui demanda Piper d'un air inquiet.

— Euh… oui, souffla-t-elle. Je… j'étais au milieu d'un marais… je ne sais pas où. Mais quelque chose me dit que nos mannequins ont été emmenés là-bas.

Piper et Prue échangèrent un regard.

— Le *Livre des Ombres* ? articula celle-ci.

— Tu lis dans mes pensées, on dirait, répliqua Piper.

Sur ces mots, les trois sœurs se ruèrent au grenier.

— Voyons, murmura Phoebe en feuilletant

nerveusement les pages parcheminées du vieux volume. Ah, j'y suis… appareils photo !

Piper et Prue se penchèrent par-dessus son épaule tandis qu'elle lisait :

— *Longtemps, on s'est moqué des sociétés primitives qui croyaient qu'un appareil photo pouvait voler l'âme d'un individu. La plupart des mortels ignorent pourtant que ces objets sont des portails classiques qui ouvrent sur l'au-delà.*

— Sur l'au-delà ? répéta Piper. Ça serait où, exactement ?

— Tu connais les anciens ; leur langage est toujours un peu sibyllin.

— *L'âme est capturée par un vortex niché au fond d'un appareil ensorcelé*, continua Phoebe. *Elle ne pourra être récupérée qu'en franchissant le même portail.*

— Alors, en voyageant à travers cet appareil, observa Prue d'un air pensif, on pourra récupérer les âmes de nos modèles… ?

— Mais nous, on n'a pas été ensorcelées quand l'obturateur s'est déclenché, fit remarquer Piper. Ce sont peut-être nos pouvoirs qui nous ont protégées. Alors, comment va-t-on faire pour que ça marche pour nous ?

Les trois sœurs se regardèrent puis lâchèrent en même temps :

— Un sort !

— Mais oui, c'est ça ! ajouta Phoebe en se jetant de nouveau sur le livre. Tenez, qu'est-ce que vous dites de celui-là ?

— *Que nous devenions, pour un instant, des mortelles ordinaires*, lut Piper.

— *Emmenez-nous vers le lieu que nous avons choisi, puis laissez-nous rentrer et récupérer nos pouvoirs*, continua Prue.

À la hâte, Piper écrivit ces paroles sur un morceau de papier.

— Je crois que ça va marcher, commenta Phoebe en refermant le *Livre des Ombres*. Allez, on descend retrouver nos mannequins et on fait le grand saut !

Grrrrrr…

— Hé, vous avez entendu ? demanda Piper en se tournant vers le fond du grenier.

— Quoi, qu'est-ce qu'il y a ? interrogea Prue qui s'apprêtait à descendre.

GRRRRRR !!!

— Vous avez entendu, cette fois ?

— Oui, répondit Phoebe en lui prenant le bras. Qu'est-ce que… ?

GRRRR… WROW !

Avec un terrible grognement, quelque chose d'obscur bondit de l'ombre. Un animal monstrueux, qui se précipita sur les trois filles.

Phoebe lâcha un cri d'horreur alors qu'apparaissait devant elles un chien féroce. Sa gueule béante et dégoulinant de bave s'ouvrait sur une rangée de crocs acérés. Sous sa fourrure noire et rase, saillaient de puissants muscles, tandis que ses griffes pointues se plantaient dans le plancher du grenier.

Et, pour couronner le tout, la bête infernale qui les menaçait ne possédait pas une, ni deux, mais trois têtes ! Où brillaient trois paires d'immondes yeux jaunes et cruels !

4

Les bras devant le visage, Piper poussa un hurlement de panique. Qui laissa la créature interdite, à l'instant précis où l'une de ses mâchoires allait se refermer sur la gorge de la jeune femme.

— Ça, c'est nouveau ! maugréa-t-elle en abaissant les mains. Qu'est-ce qu'il vient faire ici, cette espèce de pitbull ?

— Ouf, il était temps… souffla Phoebe. Merci, Piper.

— Oh, c'était juste une formalité, petite sœur. Prue, qu'est-ce qu'on fait, maintenant ? Il ne va pas tarder à…

En effet. Reprenant soudain vie, le monstre se mit à grogner férocement. Levant alors le bras, Prue lui envoya un coup de poing invisible qui le fit valser jusqu'au fond du grenier. Dans sa chute, il brisa un vieux miroir qui vola en mille morceaux.

Cependant, malgré la violence du choc, l'animal ne parut pas pour autant affaibli. Secouant sauvagement ses trois têtes, il fit volte-face et, avec un rugissement dantesque, fondit sur les trois sorcières.

Devant cette attaque, Prue se carra les épaules et asséna un violent coup de pied à la créature. Qui, cette fois, dégringola de l'escalier, pour atterrir sur le palier du premier étage.

Un nouveau grognement retentit, moins furieux mais tout aussi menaçant. Puis, lentement, l'animal se releva, se rétablit sur ses pattes et commença à gravir les marches de bois.

— Ne bougez pas, ordonna Piper ! Mais attendez-vous à ce que je vous fige, si cette sale bestiole m'y oblige !

GRRRR !

— La voilà ! hurla Phoebe. Prue, qu'est-ce que tu… ?

— Attendez, je crois que j'ai une idée ! cria celle-ci en filant vers le fond du grenier.

— Quoi… ?! demanda Phoebe, affolée. Reviens, qu'est-ce que tu fais ?

— Cette lampe, que j'avais mise de côté parce que son fil était dénudé par endroits… Euh… Piper, tu veux bien servir d'appât ?

— Hein !? s'étrangla-t-elle.

— Ne t'inquiète pas, fais-moi confiance. Phoebe, branche-moi ça, s'il te plaît.

GRRRR !

— Vite, les filles ! se lamenta Piper. Dans une seconde, il est sur nous !

— Je sais ! lui dit Prue. Tiens-toi prête à figer le temps si tu y es obligée !

GRRRRRR !

— Ça y est ! glapit Piper. Il est là !

Soufflant et bavant, la monstrueuse créature émergea soudain de l'escalier et, apercevant les trois filles, poussa un épouvantable grognement.

— Prue ! cria Phoebe. Vas-y, elle est sur nous !

D'un geste sec, Prue tira la lampe juste à l'instant où l'animal bondissait sur celles qu'il considérait comme ses proies. Le fil dénudé lui fouetta le torse et s'enflamma aussitôt.

Sous le choc, les têtes du chien roulèrent en tous sens, et il lâcha un hurlement de douleur. Tandis que mille étincelles éclataient de son corps en feu, les trois sœurs s'écartèrent en titubant.

Il y eut encore quelques plaintes rauques, puis la bête explosa littéralement sous leurs yeux horrifiés. Prue se jeta au sol et, lorsqu'elle osa regarder ce qui se passait, constata que la créature avait disparu. Il ne restait plus d'elle qu'un tas de cendres fumeuses à l'odeur âcre. Derrière, elle aperçut Piper et Phoebe, recroquevillées, dans un coin. Se redressant sur des jambes flageolantes, toutes deux coururent rejoindre leur sœur.

— Ça va ? leur demanda-t-elle.

— Euh… oui, souffla Phoebe d'une voix tremblante.

— Il faut retourner vers l'appareil, maintenant, déclara alors Piper. Vite, on n'a plus de temps à perdre.

Tandis que les trois Halliwell dégringolaient l'escalier menant au rez-de-chaussée, Prue lança :

— Ce vieux machin n'a certainement pas de déclencheur automatique. Je vais devoir bricoler une commande à distance pour qu'on soit toutes sur la photo… et qu'on se fasse zapper en même temps !

— Pendant que tu nous bricoles ça, je regarde ce que deviennent nos « beautés au bois dormant », dit Phoebe.

Suivie de Piper, elle pénétra sous la véranda et, ensemble, elles examinèrent un à un les modèles endormis. C'est alors qu'un étrange bruit d'ailes se fit entendre dans la pièce. Surprises, les deux filles se retournèrent, pour apercevoir, perché sur le boîtier de l'appareil, une espèce d'animal encore plus grotesque que le chien qu'elles venaient d'anéantir. Il avait une tête de femme, un torse humain et plein d'écailles, et des ailes noires qui battaient stupidement l'air.

— Prue ! hurla Piper. Viens vite, il y a quelque chose… !

Rejoignant ses sœurs en trombe, Prue ne prit pas le temps de se demander ce que cette créature venait faire là. D'un coup de télékinésie, elle la projeta violemment contre la verrière. La bête lâcha un cri suraigu, se redressa et, ouvrant ses ailes, s'envola pour fondre directement sur Piper et Phoebe.

— C'est après vous qu'elle en a, on dirait ! s'écria Prue. Attends, ma jolie, tu ne perds rien pour attendre.

Se concentrant une nouvelle fois, elle réunit ses forces et profita de ce que l'oiseau était en plein vol pour le frapper à nouveau. À la tête, plus précisément. Il y eut comme un bruit sec, puis les trois filles virent la bête étrange exploser sous leurs yeux.

— Là, je crois que tu y es allée un peu fort, commenta Phoebe.

— Oui, enchaîna Piper. Je me demande si…

— Écoutez, on n'avait pas le choix ! Et on n'a surtout plus de temps à perdre. Il me faut absolument ce cordon pour prendre la photo à distance.

De retour à la cuisine, Prue fouilla fébrilement dans ses accessoires et trouva enfin le cordon métallique grâce auquel elle pourrait prendre sa photo à distance.

— Je crois que j'ai ce qu'il faut, lança-t-elle à ses sœurs. Mais cet appareil est si vieux... j'espère que je pourrai y fixer ce cordon.

— Pruuuuue ! appela soudain Phoebe sur un ton plaintif.

Elle venait d'apercevoir, tapie dans le fond de la pièce, une ombre singulière qui était loin de la rassurer.

— Je crois qu'on a un... nouveau visiteur ! ajouta Piper.

— J'arrive, j'arrive, répondit Prue. J'ai presque fini.

— Dépêche-toi !

— Ça y est, c'est bon, ça va marcher ! annonça-t-elle en courant les rejoindre.

Arrivée au niveau de l'arche, son cordon à la main, Prue s'arrêta net devant la mine horrifiée de ses sœurs. Suivant alors leur regard, elle vit un énorme serpent qui rampait dans leur direction. Combien de têtes avait-il au juste ? Pas le temps de compter...

— Prononcez le charme ! cria-t-elle en bondissant pour se placer avec elles devant l'appareil.

Les trois sorcières se prirent les mains, fermèrent les yeux et commencèrent à psalmodier :

— *Que nous devenions pour un instant…*

Un sifflement inquiétant se fit entendre.

— *… des mortelles ordinaires. Emmenez-nous vers le lieu que nous avons choisi…*

Le serpent approchait en ondulant.

— *… puis laissez-nous rentrer et récupérer nos pouvoirs.*

Ces dernières paroles laissaient les trois filles sans aucun pouvoir magique alors que la bête au venin mortel était là, devant elles, près de se jeter sur sa première victime.

— Maintenant ! s'écrièrent d'une même voix Phoebe et Piper.

Prue appuya sur le déclencheur et grimaça tandis que le bulbe du flash explosait avec un bruit sec. Elle sentit alors le sol s'ouvrir sous ses pieds et son corps aspiré dans les abîmes d'un gouffre sombre, qui se mua bientôt en un tourbillon hurlant. Seul le contact des mains de ses sœurs dans les siennes l'empêcha de s'abandonner à la peur atroce qui lui vrillait le ventre.

Puis tout devint noir.

*
* *

Phoebe cligna des yeux et secoua la tête. À genoux par terre, elle était sûre d'avoir perdu conscience l'espace de quelques secondes. Un rapide regard autour d'elle la rassura : Piper et Prue se trouvaient non loin, paraissant aussi secouées qu'elle.

Elle se redressa et frissonna. Elle se tenait au milieu d'une flaque de vase, et sa jolie tunique de mousseline était maculée de boue. Lorsqu'elle voulut faire un pas, ses pieds s'enfoncèrent dans une matière noire et visqueuse.

— Beurk... articula Piper. Où est-ce qu'on est ?

— Je ne sais pas, répondit Phoebe sur un ton désespéré.

Elles étaient entourées d'arbres gris aux branches tentaculaires et dénudées. À travers la brume glauque qui envahissait les lieux, elle crut deviner des corps transparents et légers qui paraissaient flotter dans l'air. Des fantômes... ?

Au loin, elle finit par distinguer une demeure délabrée, dont les murs étaient envahis de lierre.

— Hé, attendez ! s'exclama-t-elle. Je sais où on est ! enfin, je crois... C'est la scène d'une de mes prémonitions.

En sursautant, elle comprit pourquoi sa vision lui avait paru aussi réelle : elle se trouvait au beau milieu du tableau de Nikos ! Tout y était : les silhouettes spectrales, la baraque en ruine, les arbres nus et noueux.

Elle s'apprêtait à l'expliquer à ses sœurs lorsque quelque chose l'en empêcha. Elle ignorait ce que c'était, mais elle *savait* que Prue avait de gros doutes à propos de Nikos. Et cette révélation n'allait faire qu'augmenter ses soupçons.

Cependant, Phoebe restait certaine que Nikos n'avait rien à voir avec ce qui était arrivé aux modèles. C'était impossible. Il était si sympa ! Si gentil ! Si mignon !

Tout ça ne devait être qu'un hasard, songeait-elle avec entêtement. Peut-être son tableau avait-il seulement servi d'amorce à... ce coup de théâtre. En attendant, il fallait absolument qu'elles se sortent de cet enfer. D'une manière ou d'une autre.

— Où est-ce qu'on devrait aller, d'après toi ? demanda Piper.

Phoebe haussa les épaules, se sentant un peu coupable de ne pas révéler à ses sœurs ce qu'elle avait vu dans la peinture de Nikos. Mais elle estimait plus prudent, pour le moment, de ne rien dire.

— Hé ! lança Prue, derrière elles. Vous avez vu ?

— Quoi ? interrogea Phoebe en pivotant.

— Une lueur, là-bas. Un peu comme celle d'une luciole… Et puis, ça a disparu.

— Tu es sûre que ce n'était pas plutôt une impression ? Les lucioles, c'est l'été qu'on les trouve. Et là, il ferait plutôt froid. Glacial, même…

— Non, je suis certaine que…

— Attends, l'interrompit Piper, je viens de voir quelque chose, moi aussi !

— Oui, c'est vrai, renchérit Phoebe en se prenant les bras. Tout au fond, là-bas, derrière les arbres. Qu'est-ce qu'on fait ?

— On y va, décida Prue. On ne va pas rester plantées ici, de toute façon.

Durant presque une heure, les trois sœurs se frayèrent tant bien que mal un chemin parmi les bois. Les chauves-souris qui volaient au ras de leur tête, les branches basses où s'accrochaient leurs cheveux, l'odeur pestilentielle qui les entourait, la matière visqueuse dans laquelle s'enfonçaient leurs pieds, cet environnement cauchemardesque n'était guère fait pour les rassurer.

— Et dire qu'il y en a qui s'extasient devant la beauté sauvage de la nature, marmonna Piper.

— Ou qui rêvent de partir à l'aventure loin de

la civilisation, continua Phoebe. Eh bien, avec ça, ils seraient servis !

— Arrêtez de vous plaindre, intervint Prue, on y est presque ! Je viens de revoir la lueur de tout à l'heure ; elle était bien plus près.

Environ un kilomètre plus loin, les trois filles émergèrent enfin du bois, pour déboucher… sur une plage de sable.

— C'est un lac ? demanda Phoebe.

— Non, un fleuve, précisa Piper. Tu vois, il y a du courant.

Une série de vaguelettes jaunâtres vinrent leur lécher les pieds, et Phoebe recula avec un cri de dégoût.

— Ne t'inquiète pas, lui dit Piper, ce n'est que de l'écume. Maintenant, la question c'est de savoir où est passée notre « luciole ».

— Et la grosse question, ajouta Prue, c'est de savoir comment on traverse ce fleuve. Je ne vois de pont nulle part.

Subitement, une barque apparut, qui semblait dériver à la surface des eaux brumeuses. Sur la poupe, accrochée au bout d'un bâton, brillait la flamme d'une petite lampe de verre. Et, à l'avant, une sombre silhouette, vêtue d'une longue robe noire et coiffée d'une capuche, poussait l'embarcation vers la rive à l'aide d'une longue perche.

— On dirait le diable en personne, souffla nerveusement Phoebe.

Glissant sur l'eau sans un bruit, le bateau continua de glisser vers les trois filles, puis finit par stopper doucement sur la rive.

— Vous croyez qu'il va nous dire quelque chose ? murmura Piper d'une voix mal assurée.

— Peut-être qu'il attend qu'on bouge d'abord, répliqua Prue. Tiens-toi prête à le figer s'il essaie de nous impressionner.

S'avançant vers la barque, elle tenta de voir quel visage se cachait sous la capuche, mais l'obscurité environnante l'en empêcha.

— Pouvez-vous nous dire ce qu'il y a de l'autre côté de ce fleuve ? hasarda-t-elle alors.

L'homme secoua la tête sans prononcer une parole.

Prue jeta un regard nerveux à ses sœurs, puis essaya autre chose :

— Euh… dans ce cas, pourriez-vous nous indiquer un pont, quelque part ?

De nouveau, il refusa.

— D'accord, trancha Phoebe d'une voix ferme. Alors, emmenez-nous de l'autre côté du fleuve, vous voulez bien ?

Enfin, l'étrange personnage hocha la tête.

— Phoebe, soupira Piper, tu es sûre que c'est

une bonne idée ? Souviens-toi de ce que maman nous recommandait toujours : « N'acceptez jamais de suivre des gens que vous ne… »

— On a le choix, d'après toi ? rétorqua-t-elle à voix basse avant de faire mine de monter dans la barque.

Mais, aussitôt, d'un bras levé vers elle, l'homme l'arrêta.

C'est alors qu'elle aperçut sa main. Et étouffa un cri de dégoût.

Le membre était… quasiment décomposé ! La peau était grise, pourrie et dévorée de trous purulents, et les ongles à demi cassés semblaient près de se détacher de doigts qui n'étaient plus que des os. Pire encore, il émanait de cet être une odeur sordide. Un parfum de mort.

Le passeur à qui elle demandait de les emmener de l'autre côté n'était qu'un zombie, une espèce de mort-vivant.

Tandis que Phoebe maîtrisait péniblement un haut-le-cœur, il tendit la main vers elle, comme s'il attendait qu'elle lui donne quelque chose.

Malgré elle, la jeune sorcière recula vers Prue et Piper et, horrifiée, le vit alors relever sa capuche… pour dévoiler un visage terrifiant. Son nez avait pratiquement disparu et, sous une barbe hirsute et clairsemée, Phoebe devina de longues dents grises et acérées. Quant à ses yeux, ce n'étaient plus que des trous noirs, vidés de leur substance, et le peu de cheveux qui lui tombaient sur les épaules grouillaient de bestioles.

Piper poussa un cri d'horreur, puis se sentit prise de vertige. D'un seul coup, tous les morceaux de cette journée d'enfer se mettaient en place. Accrochée aux bras de ses sœurs, elle s'écria :

— Je… je sais qui c'est ! C'est Charon !

— Charon… répéta Prue d'une voix blanche, en fixant le squelette vivant. Et alors, il est censé être qui ? Ou quoi ?

— Mais oui, tout concorde, maintenant ! continua Piper. Le monstre à trois têtes, dans le grenier, c'était Cerbère, un chien de garde qu'on trouve dans la légende d'Hercule. La femme-oiseau, c'était une Harpie…

— Et ce serpent avec ses trente-six têtes ? enchaîna Phoebe.

— C'était l'Hydre, répondit Piper. Oui, c'était l'Hydre, j'en suis sûre.

— Ça n'explique pas qui est ce Charon, soupira Prue avec impatience.

— C'est un nocher. Un passeur, si tu préfères. Dans sa barque, il emmène les gens de l'autre côté du fleuve Achéron. Mais ces gens-là sont des morts…

— Des morts ? s'étrangla Prue. Mais qu'est-ce que c'est que ce fleuve ?

— C'est le fleuve des âmes, articula Piper en s'accrochant davantage à ses sœurs. C'est l'entrée dans le monde souterrain. On est… on est dans les Enfers ! Au cœur du royaume d'Hadès !

5

— Le royaume d'Hadès ! répéta Phoebe d'une voix blanche. Tu veux dire qu'on vient d'être zappées… dans les Enfers !

Se plaquant un index sur le cou, elle lâcha un soupir de soulagement : son pouls battait encore !

— On est encore vivantes, murmura-t-elle. C'est déjà ça.

— Euh… Piper ? demanda soudain Prue. Charon… qu'est-ce qu'il fait, là ?

La lugubre silhouette s'était en effet approchée d'elle et lui tendait maintenant sa main squelettique.

— Oh, je sais ! répondit-elle, un doigt sur la tempe. Il veut qu'on le paie. Il ne transporte personne de l'autre côté du fleuve Achéron sans qu'on lui en ait d'abord réglé le passage.

— Il est bien gentil, marmonna Phoebe en

tâtant sa robe de mousseline, mais je crois que j'ai laissé mes sous dans l'autre monde.

— Moi, j'ai deux ou trois pièces de monnaie, annonça Prue en fouillant les poches de sa salopette.

— Ça n'ira pas, de toute façon, dit Piper. Si je me rappelle bien mes cours d'histoire ancienne, le prix était d'une obole.

— Et qu'est-ce qu'on fait quand on n'en a même pas une seule ? interrogea-t-elle d'un air inquiet.

Avec un craquement sinistre, Charon leva un bras et pointa son index sur la gorge de Phoebe.

— Qu'est-ce qu'il veut ? demanda-t-elle en tremblant.

Piper suivit le geste du spectre et ses yeux se posèrent tout naturellement sur la perle qui pendait au cou de sa sœur.

— Je crois qu'il est en train d'indiquer que le bijou que tu portes fera l'affaire.

— Ah, non, pas ma perle ! protesta-t-elle en la couvrant de sa main. Je l'adore. Qu'il prenne plutôt ça !

Saisissant la couronne de laurier en plastique doré qui ornait les cheveux de Piper, elle la tendit à Charon. Mais il secoua sa tête décharnée et, de nouveau, montra le bijou.

— Inutile de chercher à le tromper, Phoebe. Il ne marchera pas.

— Bon, d'accord, lâcha-t-elle, résignée.

Détachant sa chaîne en or, elle alla la déposer dans la paume à demi décomposée du passeur. Puis, sans plus attendre, elle grimpa dans la barque et fit signe à ses sœurs de l'y rejoindre.

Une fois qu'elles furent montées à bord, Charon poussa sur son long bâton pour faire virer le bateau. Un instant plus tard, emmenées par cet étrange spectre surgi d'entre les morts, les trois sœurs Halliwell s'enfonçaient dans la brume du fleuve Achéron.

Au bout de quelques minutes, elles accostèrent sur la rive opposée. Charon leur indiqua alors un chemin à suivre, sur la gauche. Après un dernier regard à l'être inquiétant en qui elles avaient néanmoins placé leur confiance, Piper, Prue et Phoebe se mirent en route sur le chemin marécageux qui longeait l'Achéron.

Entourées d'ombres peu rassurantes, elles ne distinguaient rien devant elles que des arbres au tronc noueux et aux branches dénudées.

— Intéressant… maugréa Prue. Pour tout guide, on a des bois sinistres à droite et un fleuve brumeux à gauche, mais on ne sait même pas vers quoi on se dirige. J'ai un peu l'impression de me trouver au milieu de nulle part.

Soudain, le vent tiède tourna, et un épais brouillard à l'odeur nauséabonde s'échappa des eaux noires, pour venir s'enrouler autour des trois filles. Surmontant leur dégoût et leur crainte, elles continuèrent d'avancer et, bientôt, la brume se dissipa. Pour laisser place au même paysage de ténèbres, avec peut-être, çà et là, quelques masures sinistres et délabrées. Et, surtout, un vent glacé qui sifflait à leurs oreilles.

— Vous avez remarqué comme tout est affreusement monotone, commenta alors Phoebe.

— Oui, c'est à s'endormir sur place, répliqua Piper.

— Justement, continua Prue en bâillant, je m'offrirais bien un petit somme.

— C'est vrai, je suis… fatiguée, reprit Phoebe avant de s'affaler contre un monticule d'herbe humide.

— Oh oui, si on se reposait deux minutes ? enchaîna Piper.

Sans attendre de réponse, elle s'appuya contre un arbre et se laissa lentement descendre le long du tronc. Une fois assise, elle posa sa tête sur ses genoux repliés.

Demeurée au milieu du chemin, Prue regarda ses sœurs s'endormir doucement. Les paupières lourdes, elle sentait une étrange torpeur l'envahir, elle aussi. Pour lutter contre le sommeil, elle s'efforça de rester debout.

Ce... ce n'est pas normal, se dit-elle. *Qu'est-ce qui nous arrive ? Je... j'ai l'impression d'être droguée...*

— Hé... réveillez-vous, souffla-t-elle d'une voix faible. On a été droguées... c'était un piège... la brume qui venait du fleuve...

Mais Prue pouvait à peine garder ses paupière ouvertes, à présent. Anéantie, elle finit par s'écrouler aux pieds de Phoebe et ferma les yeux, lorsqu'elle entendit un long cri rauque s'élever dans le lointain.

— Hi hi hi hi hi !

— Qu... qu'est-ce que c'était ?

— Hi hi hi hi hi... !

Ses paupières se rouvrirent brusquement. Ce bruit était encore loin mais elle le sentait menaçant.

— Piper... appela-t-elle. Piper, Phoebe, réveillez-vous !

Se relevant avec peine, elle alla secouer ses sœurs.

— Quoi ! geignit Piper en faisant la grimace.

— Laisse-moi dormir... marmonna Phoebe.

— HI HI HI HI HI !!!

— Prue... lança Piper, soudain en alerte, qu'est-ce que c'était ?

— Je ne sais pas et je ne veux pas le savoir, répondit-elle en bondissant sur ses pieds. De toute façon, il faut qu'on file d'ici.

Piper se leva à son tour.

— Oooh, gémit-elle, j'ai l'impression que mon cerveau c'est du coton.

— Moi aussi, lui dit Prue. Mais on doit partir en vitesse. Allez, Phoebe, debout !

Piper s'apprêtait à aider Phoebe à se relever quand elles entendirent des bruits de sabots émergeant du fond des bois, tandis que les cris sinistres semblaient se rapprocher.

— Ce serait un cheval ? interrogea Prue. Plutôt bizarres, comme hennissements…

— Tu as raison, reprit Piper en indiquant l'orée du bois. C'est un cheval mais… avec un corps… d'homme ! Misère, c'est un Centaure !

— Un Centaure ?

— Oui, un être moitié homme, moitié cheval. Ce sont les pires rebelles de toute la mythologie grecque !

— Qu'est-ce que ça vient faire là ? demanda Prue en fixant la créature étrange qui galopait vers elles.

Elle avait effectivement le corps d'un cheval mais, à la place de l'encolure, c'était un torse humain qui apparaissait, muni de deux bras et d'une tête, comme n'importe quel homme ! Son visage émacié était auréolé d'une chevelure broussailleuse et aussi noire que l'ébène. Ses yeux brillants étincelaient de cruauté et sa bouche, tordue par un rictus cruel, laissait apparaître des dents blanches et pointues.

— Mais… il y en a combien de ces créatures d'enfer, dans la mythologie ?! s'exclama Prue.

— Trop ! cria Piper avant de bondir de nouveau sur sa sœur. Allez, Phoebe, réveille-toi !

— Quoi… qu'est-ce qui se passe ? articula celle-ci d'une voix endormie.

Impossible de me réveiller, songea-t-elle en sentant son esprit flotter. *Je ne peux pas… je n'y arrive pas…*

Mais, soudain, quelque chose lui agrippa la taille et la souleva de terre.

— Ouf… ! souffla-t-elle sans comprendre ce qui lui arrivait.

Ce qui eut au moins l'avantage de lui faire ouvrir les yeux pour de bon. Ce qu'elle découvrit, cependant, lui arracha un cri de terreur. Flanquée en travers de la croupe d'un cheval, elle sentait une main puissante la plaquer contre le dos de l'animal. Qui prit un galop soudain pour s'enfoncer en direction des bois.

Parvenant à lever la tête, Phoebe aperçut le visage de son ravisseur et s'écria :

— Mais… vous n'êtes pas un cheval !

— Hi hi hi hi ! s'entendit-elle répondre avant d'apercevoir son affreux rictus.

— Prue ! hurla-t-elle alors. Piper ! Au secours ! Aidez-moi !

Impuissantes, ses deux sœurs ne purent que la regarder se faire enlever par le Centaure. Piper agita violemment les deux bras, mais la bête était déjà trop loin. Il lui fut impossible de la figer. Paniquée, elle se tourna vers Prue.

— Il ne nous reste rien d'autre à faire qu'à les suivre, lui dit celle-ci en désespoir de cause.

— Pruuuuue... ! entendirent-elles gémir dans le lointain.

— Hi hi hi hi ! hennit le Centaure.

— Tiens bon, on arrive ! lui lança Piper.

Mais, après deux minutes d'une course effrénée, les deux filles s'arrêtèrent, épuisées.

— Je... je ne peux plus courir, lâcha Prue, à demi asphyxiée. Voilà... ce que c'est que... d'avoir arrêté l'aérobic...

— Allez, on continue, l'encouragea Piper en essayant de se frayer un chemin à travers les arbres.

— Impossible. Écoute, Piper... je crois que j'ai une meilleure idée.

Sur ces paroles, sa tête tomba en avant et son corps parut s'affaisser sur lui-même. Se mordant la lèvre, Piper contempla sa sœur : elle se trouvait en pleine projection astrale.

Pourvu seulement, songea-t-elle alors, *qu'elle arrive à se propulser là où cette fichue bestiole a disparu avec Phoebe.*

Ballottée comme un vulgaire sac de farine sur le dos du cheval, Phoebe était en proie à une violente nausée. Incapable de voir ce qui se passait autour d'elle, elle crut halluciner quand elle distingua l'image de Prue surgissant de derrière un arbre… pour se placer pile face à l'animal qui filait à un train d'enfer.

— Prue, attention ! hurla-t-elle.

— Hi hi hi hi ! hennit le Centaure en l'apercevant.

Évitant l'obstacle de justesse, il fit volte-face et partit au triple galop dans le sens opposé.

Mais, de nouveau, Prue se planta crânement devant lui, à la merci des sabots qui martelaient sauvagement le sol. Les mains sur les hanches, elle fixait la créature droit dans les yeux.

Ouf, ce n'est que sa projection, se dit Phoebe. *Elle ne risque rien. Mais lui, je sens qu'il va comprendre sa douleur.*

Déconcerté, l'homme-cheval commençait à prendre peur. Chaque fois qu'il faisait demi-tour, il trouvait Prue sur son chemin. Impossible de lui échapper !

Au bout de quatre tentatives, il pila, recula des quatre fers et se cabra pour tenter d'impressionner son ennemie.

— Wouaaaah ! lâcha Phoebe juste avant de se faire désarçonner.

Avec un bruit sourd, elle atterrit dans les sous-bois, dont le sol était fort heureusement tapissé d'une sorte de mousse sombre.

Le Centaure fit un écart, poussa un long cri rauque puis détala sans demander son reste. Au bout d'un moment, le claquement sec de ses sabots s'évanouit dans la nuit.

Phoebe se releva et s'approcha de Prue en titubant. Sa délicate robe de mousseline était en loques, mais elle-même semblait intacte.

— Merci, petite sœur ! lui dit-elle.

Prue lui jeta un regard vide, puis disparut dans un nuage de lumière.

— Oh, c'est vrai… soupira Phoebe. Ce n'est pas en parlant à des images que je m'en sortirai.

S'entourant alors la bouche de ses mains, elle cria :

— Hou ! hou ! Piper, Prue, vous êtes par là ?!

— Phoebe… ?

— Oui, je suis là, répondit-elle du fond des ténèbres.

Elle continua d'appeler jusqu'à ce que ses sœurs émergent enfin des buissons et la découvrent.

— Ah, vous voilà ! C'était trop, je n'ai jamais eu aussi peur de ma vie ! Qu'est-ce que c'était que ce monstre ?

— Un Centaure, lui expliqua Piper. Ils n'ont pas très bonne réputation, en général. À mon avis, il bossait pour quelqu'un.

— Mais qui ? demanda Phoebe.

— Je suis sûre qu'on le saura sans tarder, rétorqua Prue en secouant les dernières traînées de brume qui collaient encore à ses cheveux. Allez, les filles, on continue.

— Où ? interrogea Piper. On a complètement perdu notre route.

— Si on allait à l'opposé de là où est parti le Centaure ? suggéra Phoebe.

— Oui, bonne idée, dit Prue. Ça nous évitera peut-être de faire d'autres mauvaises rencontres.

Les trois Halliwell se remirent en route, en se frayant péniblement un chemin à travers des bois de plus en plus sombres. Enfin, au bout de ce qui leur parut une éternité, elles débouchèrent sur une clairière, au milieu de laquelle coulait un mince filet d'eau.

— Et si on suivait ce ruisseau ? proposa Piper. Il doit bien mener quelque part.

Après encore de longues minutes de marche,

un grondement puissant et régulier commença à se faire entendre.

— Qu'est-ce que c'est ? demanda Phoebe sur un ton peu rassuré.

— Une cascade, peut-être, répondit Prue. Allez, on continue.

Elles franchirent encore une centaine de mètres, pour se retrouver bientôt au pied d'une paroi rocheuse, si haute qu'elle semblait se perdre dans la noirceur nuageuse du ciel. Et, au bas de ce mur gigantesque, s'ouvrait une grotte dans laquelle venait plonger le ruisseau, qui s'était peu à peu transformé en torrent. Un bruit assourdissant montait des entrailles de la terre tandis que les eaux s'y engouffraient avec rage.

— Vous avez vu ? observa Piper. Il y a un passage sur le côté…

— Tu… tu crois vraiment que… ?

— Oui, il faut y aller, Phoebe, l'encouragea Prue. Il faut voir ce qu'il y a de l'autre côté.

— Brrrr, ce n'est pas très engageant.

— Je sais mais, de toute façon, on n'a pas vraiment le choix.

Suivie d'une Piper et d'une Phoebe plutôt réticentes, Prue s'engagea dans la grotte humide et froide. Aidées par la faible lueur qui leur arrivait encore de l'extérieur, elles progressèrent vers le fond, puis pénétrèrent dans un long goulet sombre qui finit par les conduire jusqu'à une ouverture pratiquée à même la roche.

— Tu crois que ça mène quelque part ? demanda Phoebe.

— Peut-être, répondit Prue. En tout cas, on y va. Il faut en avoir le cœur net.

Courbant la tête, elles passèrent sous le plafond bas d'un couloir qui menait effectivement à une salle, aussi froide et humide que le reste. Assez vite, elles s'aperçurent que celle-ci menait à une autre chambre, puis à une autre encore, qu'elles franchirent à la suite, jusqu'à ce que Piper s'arrête soudain.

— Les filles, murmura-t-elle, je viens de me rendre compte de quelque chose. La faible lueur de la grotte, celle qu'on croyait venir de l'extérieur… elle ne vient plus de derrière nous, à présent.

— Tu as raison, dit Phoebe en sentant un frisson lui parcourir le dos.

— Ça vient de l'intérieur de la grotte, enchaîna Prue.

Se prenant les mains, l'estomac noué, elles pénétrèrent dans la salle suivante, puis se figèrent de stupéfaction. Devant elles, assis sur un trône de cailloux, se tenait Nikos !

Sa tunique grecque avait disparu, et il portait à la place un costume de velours sombre. Ses boucles brunes avaient été sévèrement lissées sur la nuque, et il fumait un long cigare à l'odeur écœurante. Croisant les jambes avec nonchalance, il afficha un sourire méprisant.

— Pourquoi avoir mis tant de temps ? interrogea-t-il. Ma parole, vous me semblez toutes les trois bien effrayées !

— Nikos… articula Phoebe en hasardant un pas vers lui. Tu vas bien ? Que… qu'est-ce qui t'est arrivé ? Où sont les autres ?

— Je vais parfaitement bien, maintenant que j'ai échappé à ma vie de misère, là-haut. Je n'étais qu'un artiste crève-la-faim avant de plonger dans ces profondeurs salvatrices. C'est mon père, le Maître des Ténèbres, qui vous a conduites jusque chez moi.

Rejetant la tête en arrière, il partit d'un grand rire cruel.

Atterrée, Phoebe jeta un regard désespéré à ses sœurs qui, elles, n'arrivaient pas à détacher leurs yeux de Nikos.

— Qui êtes-vous ? demanda Prue d'une voix blanche.

— Nous nous connaissons, il me semble. Je m'appelle Nikos. Bien sûr, je ne vous ai pas révélé, alors, ce que je faisais dans la… vie.

— Non, vous ne m'avez pas donné votre carte,

rétorqua-t-elle, sarcastique. Vous n'êtes pas peintre, j'imagine ?

— Non, je suis prince.

— Ah… ! s'étrangla Phoebe.

— Prince des Enfers, pour être exact, poursuivit Nikos. Bientôt, je serai le maître de ce monde souterrain, le tortionnaire des morts, la terreur des ténèbres, et tout ce que vous voudrez encore. Un métier très ennuyeux, à dire vrai. Mon père l'a en horreur.

— Oh, mon Dieu… ! souffla Phoebe.

— Non, pas encore, ma chère, reprit-il avec un sourire acide. Mais, bientôt, mon heure viendra. Jolie coïncidence, n'est-ce pas, Prue, de m'avoir donné le rôle d'Hadès pour votre grotesque photo ? Jamais je n'aurais osé l'imaginer moi-même.

Phoebe n'en croyait ni ses yeux ni ses oreilles.

— Ce n'est pas possible, j'hallucine… marmonna-t-elle.

— Où sont les autres modèles ? insista Prue. C'est vous qui les avez projetés ici ?

— Ils vont bien, répondit-il en se levant pour s'approcher des trois sœurs. Ils sont en parfaite santé, je vous assure, bien qu'ils paraissent aussi échevelés que vous. Je les garde… au chaud.

D'un geste absent, Nikos indiqua une ouverture, derrière lui, qui semblait donner accès à un corridor obscur.

— Mais, pourquoi les avoir amenés ici ? interrogea Piper.

— C'est évident, non ? Je les garde ici en otages. Ils me servent d'appâts. Ce sont eux qui vous ont attirées jusqu'ici.

— Et qu'est-ce que vous attendez de nous ? demanda Prue.

Jetant son cigare, Nikos posa sur elle un regard vibrant de cruauté.

— De vous, la sœur aînée qui veut tout régenter, rien du tout ! Vous n'étiez pas censée arriver jusqu'ici !

Piper se plaqua une main sur la bouche puis lâcha :

— C'est Phoebe que vous vouliez. Vous avez envoyé votre Centaure pour l'enlever !

— Oui, celle qui se tient timidement au milieu de vous deux… Elle a plus de valeur que vous ne le pensez.

— Tu… tu veux dire que… que je devais servir de rançon après l'enlèvement ? balbutia Phoebe.

— Pas une rançon, une âme, corrigea Nikos dont les yeux venaient de retrouver leur bleu naturel. C'est tout ce dont j'avais besoin. Mais, pas n'importe quelle âme. Il me fallait celle d'une divinité !

— Alors là, tu te fourres le doigt dans l'œil, Nikos ! s'insurgea-t-elle. Je n'ai rien d'une déesse. J'ai juste joué ce rôle, une fois, pour la télévision…

— Je suis au courant, merci, coupa-t-il en la toisant d'un air hautain. Et c'est bien là, mon problème. Les vraies déesses se font si rares, de nos jours.

— Arrête, tu vas me faire pleurer.

— Précisément, reprit-il en posant sur elle un regard chargé d'une convoitise cruelle. J'estime donc que j'ai droit à un lot de consolation. Puisque je ne peux pas avoir de déesse, une sorcière fera l'affaire !

Sur ces mots, il se planta devant Phoebe, lui saisit les poignets et les serra avec une telle puissance qu'elle fut incapable de lutter. Même les coups de pied désespérés qu'elle lui envoya restèrent sans effet contre la force surhumaine qu'il montrait.

De son côté, Piper tenta bien de le figer, mais rien n'y fit.

— Vous ne croyez tout de même pas utiliser contre moi votre petite magie de bazar, rugit-il en éclatant de rire. Vous ne pouvez rien contre moi. Je suis le maître, ici !

— Je croyais que c'était votre père, hasarda Prue avec insolence.

Le visage de Nikos s'assombrit et, de nouveau, ses yeux prirent une lueur incandescente.

— Soyez maudites, toutes les deux ! Allez retrouver là-haut votre vie de misère !

Sans lâcher la pauvre Phoebe, il leva le bras en direction de Prue et de Piper et les repoussa violemment vers la sortie de la salle. Un instant plus tard, elles se sentirent emportées dans un tourbillon infernal, à travers le long couloir sombre qui les avait conduites jusqu'à la demeure d'Hadès.

À l'entrée de la grotte, les eaux furieuses qui s'engouffraient dans les ténèbres rugissaient tel un monstre prêt à les dévorer.

Puis, tout à coup, le grondement cessa. Et Prue et Piper se retrouvèrent sous la véranda, dans le manoir des Halliwell. Devant le vieil appareil photo de Nikos. À l'endroit même où elles se tenaient lorsqu'elles avaient plongé dans le royaume d'Hadès. Comme si elles n'en étaient jamais parties.

Un élément, pourtant, avait changé.

Phoebe n'était pas là.

6

Piper bondit sur ses pieds et se rua dans le salon. Peut-être Phoebe avait-elle atterri quelque part ailleurs… derrière le canapé, par exemple.

Ou peut-être rien ne s'était-il passé et sa sœur allait-elle émerger de la cuisine, en croquant une pomme avec délectation.

— Phoebe ? appela-t-elle, la gorge serrée.

Lui tapotant doucement l'épaule, Prue lui conseilla de regarder, derrière elle. Piper fit volte-face et aperçut alors les mannequins toujours effondrés par terre, en train de dormir paisiblement. Leur image, seulement, car leur corps avait été projeté par l'appareil ensorcelé, quelque part ailleurs dans l'espace. Mais où ?

— Tu vois, lui dit-elle d'une voix étranglée, ce n'était pas un rêve. On s'est bien retrouvées là-bas. Et… il a gardé Phoebe avec lui.

— Il a gardé Phoebe… ? répéta Piper, une

main plaquée sur la bouche. Et lui… il est toujours là.

Du doigt, elle indiqua Nikos, superbe dans son sommeil, ses boucles noires lui retombant gracieusement sur le front.

— Il ressemble à un ange, lâcha Prue sur un ton furieux.

— Comment aurait-on pu savoir que c'était un démon ? Occupe-toi de lui, Prue.

Levant la main au-dessus du corps endormi de Nikos, Prue l'agita violemment. *Je vais l'exploser si fort contre le mur que pas un de ses os n'en ressortira intact.*

Mais rien ne se passa.

Allongé entre Héra et Arès, Nikos n'avait pas bougé d'un millimètre et restait plongé dans un sommeil paisible.

— Quoi… ? interrogea Prue. Je ne comprends pas !

Elle répéta son geste, encore et encore, mais rien n'y fit.

Se ruant sur lui, Piper commença à le secouer mais poussa un glapissement. Ses doigts lui avaient traversé le corps, sans rencontrer aucun obstacle.

— Prue, on dirait que tu n'es pas la seule à pouvoir te projeter ailleurs, commenta-t-elle sur un ton aigre. Cet abruti n'est même pas là. Dès le début, il devait savoir qu'on allait se venger sur son apparence terrestre.

— Tu m'étonnes, il s'est défilé comme un lâche.

Après avoir flanqué un coup de pied coléreux dans l'image de Nikos, Piper lança :

— Qu'est-ce qu'on fait, maintenant ?

— On monte au grenier !

Ensemble, les deux sœurs grimpèrent l'escalier quatre à quatre et se ruèrent sur le *Livre des Ombres*.

— Voyons si on raconte quelque chose sur le royaume d'Hadès, dit Prue en feuilletant le vieux volume d'une main fébrile. Hadès… Hadès… C'est incroyable, je ne trouve rien !

— Cherche à *Enfers*, lui suggéra alors Piper. Ou à *Maître des Morts*…

Prue continua nerveusement sa recherche. Sans résultat.

— Non, non, il n'y a rien, lâcha-t-elle sur un ton excédé.

Puis elle ajouta :

— Je sais ce qu'on va essayer. J'ai vu Phoebe le faire. Tu te souviens ?

— Oui, c'est vrai, je n'y pensais plus. Tu es géniale, Prue !

Se collant à sa sœur, Piper plaça ses mains à côté des siennes, au-dessus du *Livre des Ombres*, et toutes deux se concentrèrent en attendant que les pages se tournent d'elles-mêmes… pour s'arrêter sur celle qu'elles attendaient.

Rien.

Le livre magique refusait de leur transmettre ses secrets.

— Ce n'est pas possible, se lamenta Prue en laissant retomber ses mains. Tu crois qu'il n'y aurait rien là-dedans sur Hadès ? Et moi qui pensais que le *Livre des Ombres* était infaillible.

— C'est vrai qu'il a été créé par nos ancêtres sorcières, remarqua Piper. Mais peut-être qu'aucune d'entre elles n'avait encore eu à commercer avec les Enfers.

— On serait donc les premières… Eh bien, je suis désolée de ne pas avoir l'esprit pionnier de nos aïeules.

— C'est pareil pour moi, Prue. Alors, qu'est-ce qu'on fait, maintenant ?

Enfermée dans une chambre sombre dont les murs de pierre suintaient d'humidité, Phoebe se lamentait sur son sort.

Aussitôt après avoir banni ses sœurs de son antre, Nikos l'avait entraînée de force dans cette salle richement décorée de meubles et d'objets à l'aspect néanmoins sinistre. Au fond, contre le mur, trônait un grand lit à baldaquin, recouvert de velours rouge. Sur un tapis que l'on aurait dit tissé avec du fil de toile d'araignée, étaient disposés des fauteuils recouverts de satin rouge sang, ainsi qu'une table en onyx, dont les pieds, assortis à ceux du grand miroir, représentaient des têtes de monstres grimaçants.

Phoebe n'était pas seule dans cette pièce, qui semblait sortie d'un vilain conte de fées. Outre Nikos, il y avait avec elle quatre jeunes femmes, vêtues d'une combinaison argentée et moulante, et dont la longue chevelure noire et luisante leur descendait jusque sous la taille. Elles avaient la peau blême, et leurs yeux étaient cernés de khôl noir.

— On est en pleine nuit gothique, ou c'est moi qui me fais des idées ? demanda Phoebe avec mépris. Franchement, Nikos, tu as des goûts plutôt ringards !

— Tais-toi ! rétorqua-t-il du fond de son fauteuil. Tu crois peut-être que les dieux et les déesses n'évoluent pas avec les années. Ce décor me vient tout droit du Moyen Âge. Tu apprendras à l'aimer, tu verras.

D'un claquement de doigts, il fit signe aux jeunes femmes de s'approcher.

— Occupez-vous d'elle. Elle n'est pas présentable.

Sur ces mots, il se leva et, d'une démarche irritée, sortit de la chambre.

S'avançant vers Phoebe, les quatre créatures affichèrent un sourire grimaçant, qui découvrit des petits crocs scintillants et… une langue aussi fourchue que celle d'un serpent.

Si, par je ne sais quelle magie, j'arrive à sortir de cet enfer, songea Phoebe, *ce sera pour entrer tout droit dans un asile de dingues !*

Et, lorsque leurs mains osseuses se posèrent sur son corps, elle se sentit défaillir.

Une heure plus tard, Phoebe se retrouva seule dans la sinistre chambre. Plantée devant le grand miroir, elle contemplait une image d'elle qu'elle ne connaissait pas. Les quatre créatures diaboliques avaient fini leur travail et s'étaient glissées dehors… en traversant le mur de pierre.

— J'ai l'impression de sortir tout droit d'une vidéo de Cher, se lamenta-t-elle devant son reflet.

Elle était à présent vêtue d'une longue robe de velours couleur lie de vin, au décolleté vertigineux. Les manches évasées lui couvraient les mains jusqu'à la naissance des doigts, et une fine corde dorée lui ceignait la taille.

Ses yeux ombrés de noir et ses lèvres recouvertes d'une crème pâle lui donnaient l'aspect d'une… morte-vivante. Quant à ses cheveux, tout simplement passés du blond à l'ébène, ils étaient relevés en un savant chignon dont quelques mèches luisantes lui retombaient sur le front et la nuque.

Dégoûtée, elle allait s'effondrer sur le lit quand elle entendit rouler l'énorme bloc de pierre qui bloquait l'entrée de la chambre. Aussitôt, elle se figea, sur la défensive.

Cette fois, c'était un homme qui s'approchait d'elle. Enfin… une créature mâle, dont la langue de serpent s'agitait entre ses lèvres pâles.

Décidément, songea-t-elle, *Nikos aime donner dans le démoniaque*.

À peine eut-elle le réflexe de reculer que, déjà, il s'emparait d'elle et la soulevait avec une force inimaginable. En vain, elle se débattit et lui hurla toutes les insultes qu'elle connaissait. Indifférent à son agitation, le serviteur de Nikos l'emmena à travers un long couloir et une série de pièces, dont la lourde décoration gothique commençait à lui donner la nausée.

Il faisait glacial dans l'antre de Nikos, et Phoebe claquait des dents lorsque l'homme la déposa sans cérémonie sur une énorme chaise de bois sculpté.

La jeune femme regarda autour d'elle. Comme les autres, la pièce était meublée de larges sofas tendus de velours cramoisi, mais, cette fois, sur les tables d'onyx se trouvaient des coupes de fruits et des carafes de cristal emplies de vin.

Nikos était là, aussi, vêtu d'une lourde robe d'intérieur en lamé argent. Entouré de plusieurs créatures à la langue fourchue, un gobelet d'or à la main, il sirotait quelque breuvage en affichant un sourire cruel.

— Je peux savoir ce qui se passe, ici ? demanda Phoebe d'une voix mal assurée.

Nikos avala une longue gorgée, puis posa sur sa prisonnière un regard appréciateur.

— Ah, Phoebe, voilà qui est mieux ! Cette coiffure te va à merveille. Ce blond, ce n'était vraiment pas ta couleur, ma chère.

— Pense ce que tu voudras, lui lança-t-elle. Moi, je voudrais savoir ce que je fais ici, et où sont les modèles qui posaient pour Prue.

— Si tu t'asseyais, Phoebe, reprit-il en croisant paresseusement les jambes, nous pourrions avoir une conversation tranquille. Prends un peu de vin.

À peine eut-il prononcé ces mots qu'une servante s'approcha d'elle et lui tendit un gobelet de cristal ciselé, empli d'un liquide écarlate. Hors d'elle, Phoebe le jeta à terre, et le vin qui s'échappa au milieu des bris de verre lui fit furieusement penser à du sang.

— Je veux une réponse, lâcha-t-elle en fixant Nikos. Tout de suite !

Il fit un signe de la main et, aussitôt, un des serviteurs se hâta de venir nettoyer le sol.

Puis il se leva et s'avança vers elle en titubant légèrement. *Il est ivre*, songea-t-elle avec mépris.

— Tu devrais te sentir heureuse, tu sais, articula-t-il avec un demi-sourire. Ce n'est pas tous les jours qu'une fille se fait enlever pour devenir l'épouse d'une divinité.

— L'é… pouse d'une… ? balbutia-t-elle, horrifiée.

— Je sais, reprit Nikos, ce mot me stresse un peu, moi aussi. Mais personne n'y peut rien.

— Attends, attends… De quoi parles-tu, là ? s'insurgea-t-elle en reculant.

— Assieds-toi, lui ordonna-t-il sur un ton glacial.

Les mains sur les hanches, Phoebe jeta un regard autour d'elle. Aucun moyen de s'échapper : la porte était gardée, et ces stupides créatures à langue de serpent étaient prêtes à n'importe quoi pour obéir à leur maître. Toutefois, Nikos ne semblait pas prêt à se jeter sur elle non plus.

À peine rassurée, Phoebe fit le tour de sa chaise et se dirigea vers un fauteuil où se prélassait une des filles.

— Je vais m'asseoir ici, merci.

Retroussant les lèvres, la créature lui feula au visage mais, devant l'air agacé de Nikos, finit par se lever et laisser sa place à la nouvelle venue.

— Phoebe, dit-il alors avec un petit sourire en coin, je voudrais que tu m'épouses. C'est simple.

— Pas si simple que ça, répliqua-t-elle. Mais… tu me traites avec tant de respect et d'affection que… Je ne sais pas…

— Voyons, coupa-t-il, le respect et l'affection n'ont rien à voir avec le mariage !

— Sur la terre, si.

— Ah, ah, ah ! Eh bien, dans le royaume d'Hadès, le mariage est une obligation. Regarde mes parents.

— Oh, épargne-moi tes psycho-blablas, s'il te plaît. Et, d'abord, dis-moi pourquoi tu veux m'épouser.

— Ce n'est pas que je *veux* t'épouser, Phoebe, mais je le *dois*. C'est une obsession, chez mon père.

— Ton père étant Hadès, si j'ai bien compris ? hasarda-t-elle avec un frisson d'effroi.

— Oui, soupira Nikos. Il me prend pour un irresponsable.

— Hum, tu m'étonnes… murmura-t-elle en souriant intérieurement.

— Il m'a ordonné de prendre femme avant le jour de mes vingt-cinq ans, continua-t-il. Si je ne m'y résous pas, je serai banni.

— Banni… où ça ?

— Sur terre ! répliqua-t-il avec un sourire sardonique. Sans pouvoir, sans magie, condamné à mener une existence monotone, à errer parmi les mortels qui, soit dit en passant, ne sont pas des êtres très réjouissants.

— Je te renvoie le compliment, rétorqua-t-elle en avisant les pâles créatures alanguies autour d'eux.

— Mon père a déjà jeté son sort, reprit Nikos, indifférent à la réflexion de Phoebe. S'il n'y a pas d'anneau à mon doigt le matin de mon vingt-cinquième anniversaire, je serai aussitôt envoyé… là-haut.

Saisi d'un frémissement à cette idée, il poursuivit :

— Comme je l'ai dit à tes sœurs, je ne peux prendre qu'une seule femme. Je suis le prince des Enfers, après tout. Un être divin.

— Oui, c'est ça…

— Il y a si peu de déesses célibataires, aujourd'hui, se lamenta-t-il. Et toi, tu étais la seule à me convenir. Je l'ai su dès l'instant où j'ai entendu ton nom. Sais-tu que la Phoebe originale était une Titanide, la déesse de la Lune. Il faut te rendre à la raison, ma belle. C'était le destin…

— Alors, toute cette conversation qu'on a eue ensemble dans ce café…

— Tu t'es emballée pour cela ? Franchement, ma chère, tu n'es pas du tout mon genre. Bien sûr, tu n'es pas laide, loin de là. Tu es même plutôt jolie mais... pour combien de temps ?

— Qu'est-ce que ça veut dire ? s'exclama-t-elle en bondissant sur ses pieds.

— Eh bien, nous allons nous marier, répliqua-t-il sur un ton détaché. Tu ne seras rien d'autre qu'un boulet pour moi. Mais je sais que cela ne durera pas longtemps.

Avisant une des tables chargées de victuailles, Nikos s'en approcha, prit une assiette et la tendit à Phoebe.

— Tu ferais bien de t'y préparer. Nourris-toi jusqu'à devenir énorme, je m'en moque. Tout ce que je veux, c'est cette cérémonie de mariage.

— Jamais ! cria-t-elle en balançant son assiette d'un geste rageur.

— Tu as tort d'agir ainsi, riposta-t-il avant de s'approcher d'elle et de lui saisir les deux poignets avec force.

Le regard étincelant de fureur, il plongea une main dans la poche de sa longue robe. Phoebe se figea de terreur. Allait-il en sortir un poignard pour la trucider ?

Non, il se contenta de lui brandir sous le nez un anneau. Une bague de fiançailles ! À cette vue, elle sursauta. Mais d'admiration, cette fois. Au centre scintillait un magnifique diamant jaune, orné sur les côtés de deux rubis taillés en triangle, le tout d'un luxe aussi tapageur que tout ce qui décorait ce grotesque château. Et pourtant, ce bijou était éblouissant. Et ces rubis… aussi rouges que les yeux injectés de sang de son ravisseur !

Sans lui lâcher les poignets, Nikos lui glissa de force la bague sur l'annulaire gauche. Qui se révéla parfaitement adaptée à son doigt.

C'est complètement hallucinant ! songea Phoebe. *Un vrai cauchemar…*

Puis Nikos lui lâcha la main et alla se vautrer sur le divan où l'attendaient deux de ses créatures à langue de serpent.

— Maintenant que je t'ai fait un présent, lui lança-t-il avec un air narquois, il va te falloir penser à quelque chose pour moi. Après tout, ce sera aussi le jour de mon anniversaire. Le 15 août…

— Mais, c'est… !? lâcha Phoebe, une main sur le front.

— Parfaitement, ma chère. Dans cinq jours. Ce qui veut dire, belle Phoebe, que nos épousailles auront lieu dans cinq jours.

7

— Peut-être qu'on pourrait se photographier toutes les deux et retourner dans ces Enfers, suggéra Piper à Prue qui continuait de feuilleter le *Livre des Ombres*.

Si seulement elle pouvait dormir comme eux, étalés par terre, sous la véranda. Elle oublierait au moins le cauchemar dans lequel ce Nikos les avait entraînées.

— On pourrait tenter une attaque-surprise, ajouta-t-elle. Récupérer Phoebe et la ramener… sur terre.

— Ça ne marchera pas, lui dit Prue. Rappelle-toi le chemin épuisant qu'on a fait pour arriver jusqu'à la grotte. On serait complètement inefficaces. Surtout sans nos pouvoirs.

— Et surtout face à Nikos.

— Et puis, si on avait la possibilité de nous glisser dans les Enfers et d'en ressortir, Phoebe l'aurait déjà fait. C'est ce qui me fait dire qu'elle est bien coincée là-bas.

— Et qu'elle est certainement en train de se demander pourquoi on n'est pas encore venues la sauver, reprit Piper. Quelle galère !

Prue, qui venait de se replonger dans le *Livre des Ombres*, leva soudain un index et lâcha :

— Attends… J'ai peut-être trouvé quelque chose.

— Quoi !? s'exclama Piper en bondissant à ses côtés.

— Regarde, c'est une incantation pour les âmes perdues. *Lorsqu'un esprit errant vous échappe, prononcez cette prière, elle vous aidera…*

— Dis donc, ça m'a l'air intéressant. Si on essayait ?

— On n'a pas le Pouvoir des Trois, lui rappela Prue. Il faudra peut-être le dire trois fois pour que ça fonctionne.

Les yeux clos, les deux sœurs se prirent les mains et commencèrent à lire :

— *Esprit, ô esprit, où rôdes-tu ? Écoute notre appel, et reviens-nous au plus vite. Esprit, ô esprit…*

Trois fois, elles prononcèrent l'incantation magique. Après le dernier mot, elles ouvrirent les paupières, le cœur battant d'espoir.

Piper balaya la pièce du regard. Rien. Pas de

Phoebe. En soupirant, elle se tourna vers Prue. Qui, les yeux fixés sur le mur en face d'elle, tendait vers lui un bras tremblant.

— Quoi... !? s'écria-t-elle en redoutant de découvrir une autre créature infernale venue les défier.

Mais non. Prue contemplait simplement le petit miroir au cadre doré, accroché à l'entrée de la véranda.

— Ce n'est pas vrai... Phoebe ! s'écria-t-elle, les yeux exorbités de surprise.

Toutes deux s'approchèrent de la glace et s'arrêtèrent devant. Au lieu de leur réflexion, c'était Phoebe qu'elles voyaient. Ou, du moins, son reflet spectral. D'une démarche impatiente, elle faisait les cent pas dans une chambre au sol recouvert de dalles.

— On dirait qu'elle est enfermée là-dedans, observa Prue. Tu vois ce lit à baldaquin ? Et ces chaises en velours ?

— Et... tu as vu la robe qu'elle porte ? s'étrangla Piper. Et cette bague... !

Prue prit le miroir entre ses mains, mais le reflet de Phoebe pâlit soudain, devint flou et finit par disparaître totalement.

Les deux sœurs échangèrent un regard incrédule, puis Piper laissa tomber :

— Bon, ça nous apprend déjà que Phoebe est

prisonnière dans le château de Nikos, et que son habilleuse a un goût… d'enfer.

— Tu l'as dit. Mais, au moins, elle va bien. Au fait, j'y pense, la bague qu'elle avait au doigt, c'était…

— Un diamant, oui. Avec des rubis, je crois. Mon Dieu, Prue, c'est… une bague de fiançailles !

— Quoi ? Qu'est-ce qui te fait dire ça ?

— Je crois que Nikos a enlevé Phoebe pour qu'elle devienne sa femme ! Son père, Hadès, avait fait la même chose avec Perséphone : il voulait faire d'elle la reine du royaume des morts.

— C'est vrai, reconnut Prue. Mais tu ne m'as pas dit qu'elle ne restait chez Hadès que six mois sur douze ?

— Oui, parce que Zeus en avait décidé autrement, et que Hadès ne pouvait pas lui désobéir.

— Alors, ça veut dire que…

— Que si Zeus a pu faire ça pour Perséphone, il pourra peut-être aussi le faire pour Phoebe. C'est le maître des dieux, il est plus puissant qu'Hadès.

— Alors, murmura Prue sur un ton grave, si on entre en contact avec Zeus…

— Pourquoi pas ? coupa Piper. On est descendues aux Enfers, on peut bien monter jusqu'à l'Olympe !

— Et demander à Zeus de faire libérer Phoebe.

— Oui, mais avant ça, il faudrait peut-être savoir comment on y entre, dans l'Olympe, reprit Piper en se ruant sur le *Livre des Ombres*.

— En espérant aussi que Phoebe n'aura rien mangé, chez Hadès…

— Mon Dieu, c'est vrai, articula Piper en blêmissant. Elle qui aime tant ça. Pourvu que l'idée d'épouser ce prince des ténèbres lui ait définitivement coupé l'appétit.

Fort heureusement, le volume magique, qui ne parlait nulle part des Enfers, comportait une page consacrée au Mont Olympe.

— Alors, demanda Prue, qu'est-ce que ça donne ?

— Une potion, une incantation… répondit Piper en en écrivant à la hâte les formules sur une feuille de papier. On dirait aussi que le soleil est une sorte de portail sur l'Olympe. On ne peut y pénétrer qu'au lever de l'astre, et n'en ressortir qu'à son coucher.

— Ce doit être faisable, non ? Et comment est-ce qu'on y va ?

— Voilà le hic, répliqua Piper. J'ai l'impression qu'une seule de nous deux pourra y aller.

— Comment ça ? s'indigna Prue. Pourquoi ?

— Parce que celle qui monte vers l'Olympe

boit la potion, pendant que l'autre, restée sur terre, doit l'aider à y aller et, surtout, à en revenir.

— Ça veut dire que l'une de nous deux, au coucher du soleil…

— Doit prononcer l'incantation pour faire revenir l'autre. Tu as tout compris.

— D'accord, dit Prue, on se lance.

— Oui, reprit Piper. Si on veut sauver Phoebe des griffes de ce zombie de Nikos, on n'a pas le choix.

— Mais d'abord, il faut préparer ce breuvage magique.

Une demi-heure plus tard, dans la cuisine du manoir Halliwell, les deux sœurs étaient en train de mêler tous les ingrédients nécessaires à la potion, lorsque Piper demanda soudain :

— Au fait… cette potion, on la prépare pour qui ? On n'en a même pas discuté.

— Très juste, reconnut Prue. D'après toi ?

— J'imagine que tu es la mieux placée pour ça, avoua-t-elle. Tu es l'aînée, c'est toi qui as le plus de pouvoirs. Moi, je resterai ici… comme d'habitude.

— Eh bien, figure-toi que je pensais exactement le contraire, ma belle.

— Ah oui ? s'étonna Piper en cessant de remuer l'étrange mixture qui commençait à se former dans le bol. Et pourquoi ?

— D'abord, tu connais la Grèce antique sur le bout des doigts ; tu es incollable, sur le sujet. Et puis, ce serait peut-être mieux que je reste ici, au cas où il se passerait quelque chose.

— Incroyable, murmura Piper d'un air songeur. L'Olympe… Tu imagines, demain je serai au Ciel pendant que la pauvre Phoebe trépigne en Enfer !

— Oui, il n'y a pas de justice, sourit Prue.

Malgré elles, les deux sœurs se mirent à rire des malheurs de Phoebe, lorsqu'elles furent interrompues par la sonnette de l'entrée.

— Oh, non… pas maintenant ! lâcha Prue en sursautant. Qui ça peut être ?

— Ne bouge pas, j'y vais, lui dit Piper.

Après s'être essuyé les mains à la hâte, elle traversa le vestibule et ouvrit la lourde porte de chêne sur… l'adorable et potentiel-nouveau-petit-ami de Prue, craquant dans sa chemise bleu pâle et son jean délavé qui lui moulait étroitement les hanches.

— Mitchell ! lâcha-t-elle assez fort pour que Prue l'entende.

Aussitôt, un petit cri de surprise lui parvint de la cuisine

— Heu… bonjour, balbutia-t-elle. Prue vous attendait, peut-être ?

— Oui, répondit-il avec assurance. J'ai réussi à

lui arracher la promesse d'un dîner pour ce soir, avant qu'elle ne me flanque dehors, hier.

— Oh, oui, c'est... super. Heu... Mitchell, vous pouvez attendre une seconde ? Je crois qu'elle n'est pas tout à fait prête, encore. Entrez, installez-vous là... Je reviens...

Dans la cuisine, elle trouva Prue assise à table, la tête entre les mains, l'air anéantie.

— Je... j'avais complètement oublié que je lui avais promis un dîner, ce soir ! Mon Dieu, Piper, qu'est-ce que je fais ? Je ne peux tout de même pas lui refuser deux fois de...

— Tu y vas, Prue. De toute façon, rappelle-toi, on ne peut rien faire jusqu'au lever du soleil. Je saurai très bien terminer de préparer cette potion toute seule, ne t'en fais pas.

— Tu plaisantes ! Phoebe est en danger et tu veux que j'aille faire la fête ?

— Hé, il y a un garçon super qui t'attend, dans l'entrée, insista Piper. Et, au cas où tu ne l'aurais pas remarqué, on se retrouve en danger au moins une fois par semaine, ici ! Va dîner avec lui, je m'occupe du reste. Allez, c'est un ordre de ta petite sœur !

— Mais tu es sûre que ça ira, pour la potion ?

— Sans problème. C'est plus facile à faire que de la paella, c'est sûr.

— D'accord... articula-t-elle en se levant. Dis-lui que je serai prête dans cinq minutes. Je file m'arranger un peu. Et… Piper ?

— Oui ?

— Merci. Tu es un amour.

— Oui, c'est ça. Allez, monte, tu vas être en retard. Je vais servir un verre à Mitchell, en attendant.

Le cœur lourd, Piper se demanda depuis quand un garçon ne s'était pas montré aussi insistant avec elle. Puis elle lâcha un gros soupir et alla retrouver Mitchell dans l'entrée.

— Prue est en retard, comme d'habitude, lui annonça-t-elle. Elle descend dans cinq minutes.

— Oh, parfait. Pendant un instant, je l'ai crue capable de renvoyer une fois de plus notre dîner aux calendes grecques.

Hum, il ne croit pas si bien dire… songea Piper, amusée.

8

Appuyée au bar de la cuisine, un verre d'eau fraîche à la main, Prue repensait avec délices aux tendres baisers qu'elle venait d'échanger avec Mitchell. Il s'était montré si doux avec elle, tellement adorable qu'elle avait eu le plus grand mal à lui dire adieu, quand il l'avait déposée devant le manoir.

En revanche, ce chianti qu'ils avaient bu ensemble lui était complètement monté à la tête. Il lui fallait une aspirine, sinon deux. Heureuse, malgré le sentiment de culpabilité qu'elle éprouvait à cause de Phoebe, elle monta dans sa chambre, régla le réveil sur quatre heures trente, et s'effondra sur son lit pour dormir un peu.

Le jour n'était pas encore levé lorsque Piper descendit à la cuisine, vêtue d'un sweat-shirt et d'un caleçon. Elle attachait les lacets de ses tennis quand Prue la rejoignit.

— Tu… t'apprêtes à courir un cent mètres, là-haut ?

— Qui sait, après les Enfers ? Je préfère m'attendre à tout, voilà.

— Tu as peut-être raison, répliqua Prue. Moi, c'est à un café que je m'attends.

— Assieds-toi, je t'en ai préparé une cafetière entière. Car, pour ce qui est d'attendre, tu vas être servie, je crois.

— Ce n'est rien à côté de toi, ma belle. Tu te sens prête ?

— Oh, oui, je suis tout excitée. L'Olympe, tu imagines ! Ce n'est quand même pas donné à tout le monde.

— Alors, prépare-toi à décoller, lui annonça Prue en jetant un coup d'œil à la fenêtre. Le jour se lève, tu as… disons, cinq minutes devant toi.

— Hou ! Ça va être chaud, quand même ! lâcha Piper, dont le cœur commençait sérieusement à battre.

— Ne t'inquiète pas, on y arrivera, reprit sa sœur en lui tendant la fiole qui contenait la potion. Allez, bois lentement pendant que je lis l'incantation.

Tandis que Prue lisait les paroles trouvées dans le *Livre des Ombres*, Piper ôta le bouchon du flacon, se pinça les narines et avala deux longues gorgées du breuvage magique.

Puis, presque aussitôt, après un petit au revoir de la main, son corps prit un aspect transparent, lumineux et blanchâtre, puis disparut, dématérialisé. Fascinée, Prue resta un instant immobile, sans pouvoir détacher son regard de l'endroit où se tenait sa sœur quelques secondes plus tôt.

— Bonne chance, Piper, murmura-t-elle. J'attends ton retour, maintenant. Ne sois pas trop longue…

Piper sursauta quand elle se sentit reprendre corps. Où était-elle, combien de temps avait-elle voyagé ? Elle l'ignorait. Tout ce qu'elle espérait, c'était d'être arrivée sur le Mont Olympe.

Hasardant un coup d'œil autour d'elle, elle resta interdite : elle se trouvait au centre d'une sorte de bulle d'argent – ou de mercure, peut-être – qui semblait tournoyer sur elle-même. Le plus bizarre était qu'il y faisait bon alors que les parois métalliques paraissaient glacées.

Quant à sa tenue, elle n'avait plus rien à voir avec celle qu'elle avait consciencieusement enfilée au manoir. Piper ne portait maintenant rien d'autre qu'une sorte de body en lamé argent, ultra-souple, mais qui lui collait un peu au corps.

Elle risqua un pas en avant, puis un autre.

— Parfait, je peux au moins remuer dans ce… Wouah, qu'est-ce qui se passe !?

Sous ses pieds, le sol commençait à s'ouvrir, lentement, pour s'écarter et s'allonger en un étroit tunnel. Poussée par une force irrésistible, elle plongea dans le trou et se sentit alors glisser à une vitesse vertigineuse le long de la paroi lisse et tiède.

— Aaaaaah ! cria-t-elle, attirée vers le bas comme une marionnette.

Enfin, au bout de ce qui lui parut une éternité, elle se vit éjectée du tunnel infernal et déposée dans un endroit étrange. Une autre bulle, mais blanche et cotonneuse, cette fois.

Se redressant péniblement, elle commençait à inspecter les lieux quand une voix lança :

— Bienvenue.

Piper bondit, fit volte-face mais ne vit personne. L'endroit était vide.

— Heu… il y a quelqu'un ? appela-t-elle, tremblante.

— Tu es Piper Halliwell.

C'était une femme qui lui parlait. Ses paroles étaient douces, bienveillantes, presque musicales.

— Ah, non… c'est trop flippant ! articula-t-elle.

Non seulement on connaissait son nom, mais

cette voix résonnait comme si elle sortait de sa propre tête !

— N'aie pas peur.

Sans savoir pourquoi, elle se détendit. Elle se sentait en sécurité, tout à coup.

— Hum… commença-t-elle. Je suis ici pour…

— Pour voir Zeus.

— Euh… oui ! Vous voyez, je…

— Tu as une sœur qui est en danger, continua la voix. Inutile de m'expliquer, je lis dans tes pensées.

— Oh… souffla-t-elle en tirant nerveusement sur son costume d'argent.

— Tes vêtements te gênent, reprit la voix. Aucun problème, tu n'en as plus besoin. Tu as réussi le premier test et tu es sortie de l'antichambre.

— Un test… ? Mais… je n'ai rien fait !

Baissant les yeux, Piper s'aperçut avec stupéfaction que son body avait disparu et qu'elle portait maintenant un sublime fourreau de mousseline bleu nuit, aussi tiède et souple qu'une seconde peau.

— Si, tu as réussi ce qui n'est pas donné à tous les mortels. C'est la pureté de ton esprit qui t'a permis d'entrer. Ton honnêteté. Le besoin sincère de retrouver ta sœur. Nous t'avons scannée pour cela.

— Scannée ? répéta-t-elle. Me voilà en plein film de Schwarzenegger. Et… alors ?

— Tu vas subir d'autres tests. Tu devras franchir une série de portails. Si tu en es jugée digne, alors tu pourras voir Zeus.

— Ooooh !

— N'ai pas peur. Continue de marcher.

Après avoir passé plusieurs portes, traversé plusieurs antichambres, aussi différentes et incroyables les unes que les autres, Piper se retrouva dans un second tunnel, nettement plus énorme et impressionnant que le premier.

Enfin, elle en déboucha… pour se rendre compte qu'elle venait de passer dans un autre monde.

Celui qui l'attendait là était un géant, une force de la nature qui devait mesurer au moins deux mètres dix. Son énorme silhouette était drapée dans une longue robe gris pâle, et sa magnifique chevelure d'argent lui retombait en vagues souples sur les épaules.

— Zeus… soupira Piper.

— Moi-même, répondit-il d'une voix basse et rassurante. Viens avec moi.

En un clin d'œil, elle se retrouva sur un matelas de coussins profonds et moelleux, en face du dieu qu'un essaim de serviteurs venaient d'installer sur un trône d'or. D'un geste de la main, il leur ordonna de s'écarter puis demanda à la jeune femme :

— Raconte-moi tout, maintenant.

Avec tact et diplomatie – après tout, Nikos n'était-il pas le neveu de Zeus ? –, elle lui conta ce qui était arrivé à Phoebe depuis qu'elle avait amené ce garçon au manoir.

— J'ai peur qu'il ne veuille absolument épouser ma sœur, comme Hadès a voulu épouser Perséphone, se lamenta-t-elle. Je vous en prie, Zeus, nous sommes des sorcières qui dédions notre vie à la protection des innocents. Et, sans le Pouvoir des Trois, nous ne sommes plus rien !

— Piper, tu sais ce qui a mené Perséphone à sa perte ? interrogea-t-il doucement.

— Oui, c'est d'avoir mangé un pépin de grenade.

— Ta sœur a-t-elle mangé quelque chose chez Hadès ?

— Je ne sais pas, répondit-elle, soudain alarmée.

Claquant soudain les paumes sur ses genoux, Zeus lui dit :

— Écoute bien, maintenant, voici ton épreuve : *La nuit, elles apparaissent sans avoir été appe-*

lées. Le jour, elles disparaissent sans avoir été volées.

La jeune femme eut un instant de panique. Elle connaissait cette coutume, qui se pratiquait autrefois dans la Grèce antique. Un mortel demandant une faveur aux dieux se voyait poser une énigme impossible. S'il était capable d'y répondre, son souhait était exaucé. Sinon… À présent, c'était au tour de Piper de prouver son ingéniosité. Le sort des Halliwell en dépendait.

Elle ferma les yeux et réfléchit. La nuit… Le jour… Elles disparaissent…

Elle ouvrit brusquement les paupières puis s'exclama :

— Les étoiles ! Vous venez de décrire les étoiles.

Après avoir pratiquement hurlé sa réponse, Piper se mordit la lèvre puis attendit. Il y eut un long, un très long silence, au bout duquel Zeus se mit à applaudir.

— Ta sœur est libre ! annonça-t-il. Tant que sa bouche n'a pas absorbé le moindre morceau de nourriture.

— Oh, merci ! s'écria-t-elle en bondissant sur ses pieds. Allez-vous la faire sortir de chez Hadès ou…

— Je ne peux m'introduire dans le domaine de mon frère, lui rappela Zeus. C'est à toi d'aller trouver ta sœur et de la ramener dans le monde des vivants. Tout ce que je puis te promettre, c'est que les créatures d'Hadès ne chercheront pas à empêcher sa fuite.

— Oh… laissa-t-elle tomber, déçue.

Pourquoi s'être donné tant de mal si…

— Je sais que cela ne résout pas tous tes problèmes, lui dit Zeus qui avait lu dans ses pensées. Mais, crois-moi, sans ma protection, ta sœur ne pourrait *jamais* sortir des Enfers. Si tu peux la rejoindre avant que Nikos ne l'épouse, et avant qu'elle n'absorbe quoi que ce soit, elle sera protégée par mon pouvoir tout au long de son voyage.

— Je comprends, reprit Piper en serrant les mains à s'en faire blanchir les phalanges. Je ne sais comment vous remercier.

— Au revoir, dit soudain Zeus avant de se vautrer sur ses coussins.

— Puis-je vous poser encore une question ? hasarda-t-elle.

— Je t'écoute.

— Les modèles qui… sont partis en même temps que Phoebe ? Sont-ils aussi sous votre protection ?

— Pour eux, ma chère, c'est à toi de voir. Seul le Pouvoir des Trois me regarde.

Sur ces paroles, il claqua des doigts et quatre serviteurs s'empressèrent d'escorter Piper jusqu'à la sortie. Il ne lui restait plus à présent qu'à refaire son étrange voyage à l'envers. Puis à redescendre aux Enfers pour sauver sa sœur.

— Tiens bon, Phoebe, murmura-t-elle. J'arrive !

9

Après l'envol de Piper vers le Mont Olympe, Prue se sentit plus impuissante que jamais. Elle, qui avait toujours été la meneuse de la famille, se retrouvait maintenant seule à garder le fort, pendant que ses sœurs se battaient dans le « monde de l'au-delà ».

D'un pas lourd, elle se rendit au salon et jeta un coup d'œil derrière le rideau de velours qui fermait la véranda. La vue des mannequins endormis, toujours aussi beaux et paisibles, lui arracha un petit sourire.

Puis ses yeux tombèrent sur le vieil appareil photo, responsable de tous leurs ennuis.

— Et si je regardais ce qu'il y a sur ce négatif, murmura-t-elle. Ça m'occupera un peu de développer ce cliché.

Elle ôta la boîte métallique contenant la plaque de verre, descendit à la cave où était installé son labo, prépara son matériel de développement, alluma la lampe rouge et se mit au travail.

Lorsque la photo fut révélée, Prue ajouta au fixateur un peu de teinte sépia pour donner au cliché une petite touche d'ancien. Enfin, elle rinça sous l'eau fraîche le papier impressionné, et le laissa sécher quelques instants.

Retenant son souffle, elle alla rallumer l'ampoule centrale et regarda le résultat.

Très vite, ses yeux tombèrent sur Nikos.

— Cette photo va nous montrer sa vraie nature, murmura-t-elle.

Observant celui dont les bras entouraient tendrement les épaules de Phoebe, elle dut pourtant reconnaître qu'il avait tout d'un gentil garçon plutôt que d'un prince des ténèbres.

L'air incrédule, elle secoua la tête et éloigna le cliché de son visage pour mieux l'examiner. C'était parfait. Les mannequins étaient superbes. Une lumière chaude et naturelle baignait la véranda, la composition était harmonieuse et, néanmoins, tout à fait originale.

— C'est incroyable ! souffla-t-elle. Arriver à ça avec un seul cliché… Cet appareil est encore plus magique que je ne le croyais.

Songeuse, la jeune femme rangea le matériel, éteignit et remonta au rez-de-chaussée. Elle jeta un nouveau coup d'œil aux mannequins endormis, puis regarda sa montre.

— Neuf heures, seulement ! Toute une journée à attendre avant le coucher du soleil… Je sens que je vais devenir folle !

— Je sens que je vais devenir folle, si je passe une nuit de plus ici, maugréa Phoebe, avachie sur un canapé rembourré de coussins bien trop mous.

Elle s'ennuyait à mourir dans cette chambre sans fenêtre. Depuis le matin, des créatures à la langue fourchue avaient défilé chez elle pour lui apporter de quoi se nourrir. Mais, chaque fois, après avoir arraché des mains de la servante le plateau qu'elle lui tendait, Phoebe l'avait balancé avec fureur dans le couloir.

Pourtant, elle mourait de faim. Mais la seule pensée de ces serpents en train de lui préparer un repas lui donnait la nausée.

Une autre femme – une vraie, cette fois – était venue la voir, plus tard dans la journée. Elle disait s'appeler Jessica, être depuis un an la femme de Philip, le frère aîné de Nikos, qui l'avait enlevée pour l'épouser.

— Ils sont onze frères, lui avait-elle expliqué. Nikos est le plus jeune, et le dernier à devoir se marier. Vous ne comprenez pas, c'est un bonheur de vivre dans le royaume d'Hadès.

Un bonheur de vivre dans un monde souterrain jusqu'à la fin de sa vie… ?

Elle aussi était entrée avec un plateau rempli de préparations plus appétissantes les unes que les autres. Et elle avait juré à Phoebe qu'aucune des créatures à langue de serpent n'avait touché à ces mets.

— Essayez, lui avait-elle dit en picorant un canapé de caviar. Ils sont absolument délicieux. Si vous ne mangez pas, vous allez vous affaiblir, et ce n'est pas très indiqué avant une cérémonie de mariage. Surtout lorsque c'est vous, la mariée…

Puis, constatant que la prisonnière persistait dans son refus, Jessica était ressortie, non sans laisser le plateau bien en vue sur la table basse.

— Oh, Prue, Piper, où êtes-vous ? se lamenta Phoebe.

Pour la cent millième fois, elle essaya de retirer l'énorme bague de fiançailles que Nikos lui avait glissée de force au doigt. Impossible. C'était à hurler de rage ! Comment cette Jessica pouvait-elle aimer vivre ici, dans ce monde des morts ? Comment acceptait-elle cette situation de mariée captive, qui n'avait rien d'autre à faire qu'à se prélasser sur des canapés et grignoter des gourmandises ?

Des gourmandises qui lui paraissaient malgré tout diablement tentantes. Tenaillée par la faim, Phoebe se leva et s'approcha du plateau. Après tout, cela lui rendrait peut-être quelques forces. Se léchant les lèvres, elle attrapa une cuiller d'argent qu'elle plongea dans un bol de caviar, lorsqu'elle fut saisie d'une violente secousse.

— Oh, nooon… gémit-elle en se prenant la tête entre les mains avant d'aller s'effondrer sur le divan.

Encore une de ses visions. Elle y voyait… Jessica ! Jessica, affaiblie et blafarde, qui mangeait en pleurant, assise au bord d'un lit à baldaquin, dans une chambre semblable à la sienne. Les yeux vides et cernés, elle mâchonnait d'un air apathique.

Puis, une autre image s'imposa à l'esprit de Phoebe. Jessica était en train de danser avec un des esclaves de Nikos, pendant que de superbes jeunes gens aux yeux bleus et perçants les regardaient de loin en bâillant.

Phoebe émergea brutalement de son rêve. Comme d'habitude, ses visions baignaient dans le mystère. Elle ne comprenait qu'une chose : la nourriture que Jessica avait ingérée semblait avoir transformé la triste prisonnière qu'elle était en une jeune femme pimpante et heureuse.

Une paume plaquée sur la gorge, Phoebe contempla le plateau d'un air catastrophé. Toute la journée, on était venu lui proposer une variété de mets, plus délicieux les uns que les autres. Ces aliments devaient représenter un danger pour elle, c'était impossible autrement.

D'un geste rageur, Phoebe balaya le plateau de la table basse, qui alla valser sur le sol en éparpillant son contenu aux quatre coins de la chambre.

— C'est vraiment le pire cauchemar qui puisse m'arriver ! s'écria-t-elle, au bord de la crise de nerfs. Jamais je n'aurais cru que Phoebe Halliwell, la reine du grignotage, ose un jour se lancer dans une grève de la faim !

De retour dans sa bulle de mercure, Piper constata qu'elle avait récupéré son body de lamé argent. Combien de temps était-elle restée sur le Mont Olympe ? Elle l'ignorait. Mais elle avait vécu une expérience inoubliable. C'était un monde plus magique encore que tous ceux qu'elle avait eu l'occasion de traverser au cours de sa jeune vie de sorcière.

— J'espère seulement que je ne m'y suis pas

aventurée pour rien, soupira-t-elle. J'espère que je pourrai rejoindre Phoebe à temps. Mais... qu'est-ce qui se passe ?

La lumière autour d'elle commença soudain à changer, puis s'assombrit et, bientôt, le fond de la bulle se colora d'une lueur orange.

— Ça doit être le coucher du soleil ! s'exclama-t-elle.

Comment la journée avait-elle pu passer si vite ? En entrant dans l'Olympe, elle avait dû pénétrer dans un espace-temps différent. Immobile, elle ferma les yeux, prête à entamer son voyage de retour sur terre. Dans un instant, Prue allait prononcer l'incantation et ramener sa petite sœur à la maison.

Prue descendit au salon et regarda l'horloge comtoise. Sept heures du soir. Encore une bonne heure avant le coucher du soleil. Elle poussa un profond soupir.

Depuis le matin, elle avait pris le temps de classer ses négatifs, de nettoyer la maison de fond en comble, de prendre un bon bain chaud et même de combattre une nouvelle créature surgie du royaume d'Hadès. Une Gorgone ! Mais grâce à tout ce que lui avait raconté Piper sur les légendes mythologiques, elle avait trouvé le meilleur moyen de s'en débarrasser. Se précipitant sur le cher miroir de sa grand-mère, Prue l'avait brandi devant la sale méduse coiffée de serpents. Celle-ci, en apercevant, ne serait-ce qu'un quart de seconde, son propre reflet dans la glace, s'était aussitôt figée en statue de pierre. Un beau caillou, à la vérité, qui faisait très décoratif, à présent, devant la cheminée !

Que faire, maintenant ? Prue commençait déjà à sentir l'ennui la gagner. Peut-être pouvait-elle se lancer dans l'écriture de cartes de vœux… Non, quatre mois à l'avance, cela faisait un peu ridicule.

C'est à cet instant que la sonnette retentit.

— Voilà quelque chose à faire, se dit-elle, ravie. Me débarrasser de celui qui est à la porte.

Prue tapota son T-shirt et son short, puis alla ouvrir.

— Mitchell !

— Oui, c'est bien moi, répondit-il en lui offrant un énorme bouquet de roses. Bonsoir, Prue. Je ne te dérange pas, j'espère ? Je passais dans ta rue et je… il fallait que je te voie.

— Euh… non, pas du tout…

— Je n'ai pas cessé de penser à toi depuis… depuis hier soir et… Je sais que tu es très occupée mais je me suis dit que cela te donnerait l'occasion de… faire une petite pause.

— Oui, oui… certainement. Entre, je t'en prie.

Prue aurait voulu disparaître sous terre à l'instant même. D'abord, elle ne se sentait absolument pas présentable, et puis, la venue de Mitchell risquait de tout faire capoter.

Jetant un coup d'œil au salon pour s'assurer que le rideau de la véranda était fermé, Prue lui prit le bouquet des mains et le poussa doucement vers la cuisine.

— Assieds-toi, lui dit-elle d'un air enjoué. Je vais mettre ces fleurs dans un vase. Elles sont raviss…

Elle n'eut pas le temps d'achever sa phrase car Mitchell s'était soudain approché d'elle et venait de lui poser un index sur la bouche. Un contact qui sembla l'électriser. Quelle sensation étrange…

— Chut, ne dis rien, lui souffla-t-il avant d'abaisser sa bouche sur la sienne.

Laissant tomber les roses sur la table derrière elle, Prue ferma les yeux, tendit le cou vers lui et se laissa embrasser avec délices. Ce garçon l'envoûtait, littéralement. Comment résister à un tel charme ?

Les yeux clos, elle s'abandonna entre les bras de Mitchell. Encore un de ces baisers qui lui faisaient oublier tout le reste.

La lumière orange, qui envahissait maintenant la bulle entière, semblait avoir atteint son maximum. Piper était subjuguée. De là où elle se trouvait, ce coucher de soleil revêtait une beauté incroyable.

Laissant tourbillonner autour d'elle les couleurs fantastiques de cette atmosphère magique, elle songea à la journée extraordinaire qu'elle venait de vivre. Puis, subitement, quelque chose l'extirpa de sa rêverie.

La lumière orange faiblissait. Oui, c'était très net. Elle devenait rouge et prenait même des teintes violettes. Le soleil commençait à disparaître !

— Prue… murmura-t-elle. Où es-tu ?

À chaque instant qui passait, la luminosité diminuait.

— Oh, non… gémit-elle en tournant sur elle-même.

Piper ne voyait aucun portail, aucune issue pour échapper à cette bulle de mercure. Déjà, la claustrophobie la gagnait.

Elle ferma les yeux. *Respire*, se dit-elle. Respire. *Prue est la femme la plus responsable que je connaisse, et c'est ta grande sœur. Elle ne te laissera pas comme ça. Le soleil n'est pas encore couché…*

Malgré la panique qui l'envahissait, Piper s'efforça de garder les paupières closes, s'attendant à tout moment que son corps prenne une apparence spectrale et disparaisse de cet endroit. Pour se retrouver, bien à l'abri, dans l'accueillant manoir Halliwell.

Elle inspira profondément, remerciant tout bas Phoebe qui, une semaine plus tôt, lui avait enseigné quelques pratiques de base du yoga.

Pourtant, tout au fond d'elle-même, une petite voix lui susurrait : *Oublie ce fichu yoga ! Il se passe quelque chose de grave. Très grave !*

Piper ouvrit brusquement les yeux. Ce qu'elle redoutait tant venait d'arriver : l'intérieur de la bulle était noir. Le soleil venait de se coucher !

Ce qui signifiait qu'elle était coincée, au cœur de l'Olympe, pour vingt-quatre heures de plus !

— Prue ! cria-t-elle, perdue au milieu de l'espace sidéral. Où es-tu ?

Prue glissa les bras autour des hanches étroites de Mitchell et l'embrassa avec passion. Les yeux clos, elle commençait à se perdre dans un bonheur indicible, lorsqu'un choc étrange la tira de son extase.

Cela ressemblait à une voix, un hurlement de panique, mais qui paraissait venir du plus profond de son esprit. Elle ouvrit les paupières et ce qu'elle vit l'horrifia. S'écartant brusquement de Mitchell, elle se plaqua une paume sur la bouche et lâcha un cri rauque.

— Quoi ? demanda-t-il. Qu'est-ce qu'il y a ?

D'une main tremblante, elle lui indiqua la fenêtre, derrière lui.

— Quoi ? répéta-t-il. Je ne vois rien.

Précisément. C'était là, le problème. Il faisait noir, dehors !

Prue s'était laissé tellement submerger par le plaisir que lui offrait Mitchell qu'elle avait parfaitement oublié le monde qui tournait autour d'elle, et l'existence de ses deux sœurs, par la même occasion.

Elle avait raté le coucher du soleil ! Piper était prise au piège dans l'Olympe. Ce qui voulait dire que Phoebe n'était pas près de sortir des Enfers. Emportée par sa passion, Prue avait tout fait rater.

Au bord de l'asphyxie, le cœur battant à tout rompre, elle recula en titubant vers le comptoir.

Réfléchis, se dit-elle. *Il y a certainement un moyen d'arranger ça. Réfléchis…*

— Prue, articula alors Mitchell en s'approchant d'elle. Qu'est-ce qui se passe ?

Secouant la tête, elle le repoussa sans ménagement et se retourna. Les coudes appuyés sur le bar, elle se prit le front entre les mains.

— Je… je viens de me rappeler quelque chose,

balbutia-t-elle, le dos tourné. Il faut que tu partes, Mitchell. Je suis désolée, mais tu dois partir tout de suite.

— Je ne crois pas, répliqua-t-il.

Elle tourna la tête de côté.

Avait-elle bien entendu ? La voix douce et tendre de Mitchell avait soudain pris un ton dur et glacial, presque menaçant.

— Et puis, continua-t-il, il est trop tard. Tu ne peux plus rien faire pour sauver tes sœurs, maintenant.

Alors, Prue fit volte-face. Et poussa un cri d'horreur. Le beau visage de Mitchell était en train de se tordre, sa peau prenait une teinte verdâtre et ses lèvres noircissaient, en découvrant d'affreux crocs jaunes et dégoulinants de salive gluante. Pendant que son torse doublait de volume et que sa poitrine se creusait en laissant entendre des craquements sinistres, ses membres s'allongeaient et sa taille devenait immense.

En un instant, Mitchell s'était transformé en une bête plus immonde que tous les démons qui avaient envahi le manoir Halliwell, ces derniers jours. Se penchant sur Prue, il lui planta ses griffes dans les épaules et lui souffla son haleine âcre et brûlante sur le visage.

Les yeux envahis de larmes, essayant de refouler au plus profond de son cerveau l'insupportable vérité, Prue se demanda comment elle pourrait désormais échapper à ce monstre.

— Sans le Pouvoir des Trois, grogna-t-il, vous ne pourrez pas sauver Phoebe. Votre lien est rompu, Prue. Et tout cela pour un baiser. Mon maître, Nikos, sera si heureux…

10

— Non ! hurla Prue.

— Oh, si, rétorqua celui qui, quelques instants plus tôt était encore le garçon le plus merveilleux du monde. Tu as abandonné ta sœur, Prue.

— Ce n'est... pas possible... pleura-t-elle. Comment... ?

— Facile, réfléchis un peu.

Elle tenta de se rappeler leur première entrevue, à la bibliothèque. Il s'était montré si charmant et il... il lui avait montré ce livre... sur les portraits victoriens. Il l'avait conduite tout droit vers le portail qui donnait accès au royaume d'Hadès !

Et dire qu'elle s'était laissé prendre au piège de cette machination vicieuse ! Elle avait agi exactement comme Nikos l'avait prévu.

Mais, subitement, Prue comprit autre chose.

— Tu essayais de m'envoyer aussi aux Enfers,

cracha-t-elle à la figure répugnante de Mitchell. Quand tu as voulu me photographier, hier soir, et que j'ai refusé, n'est-ce pas ? Heureusement que je ne me trouvais pas assez belle… Et toi qui insistais, qui insistais.

— Bien vu, Prue. Tu te mets à tout comprendre, dis-moi ? C'est pour cela que je suis venu te voir ce soir. Il me fallait bien trouver un autre moyen de te piéger. J'espère que tu as aimé…

Un affreux sourire lui tordit la bouche tandis qu'il se léchait les lèvres avant de l'embrasser.

Horrifiée, Prue se détourna au dernier moment. Malgré les griffes cruelles qui lui labouraient les épaules, animée par une rage folle, elle parvint à concentrer tout ce qu'elle possédait dc pouvoir sur Mitchell pour l'éjecter à l'autre bout de la cuisine. Avec un beuglement sauvage, il alla atterrir sur la table qui céda et se brisa sous son poids monstrueux.

Ce qui ne fit qu'augmenter la fureur de Prue. Elle en avait assez de voir tous les démons de la création venir les uns après les autres casser les meubles de la maison. Ça devenait n'importe quoi !

— Aaaargh ! hurla-t-elle en agitant les mains devant lui.

Incapable de résister à la puissance qu'elle dégageait, Mitchell décolla de la table démolie et alla s'écraser contre le mur derrière lui. Telle une furie, Prue traversa la pièce et se jeta sur lui pour lui marteler la tête du talon de sa chaussure.

— Aaaaahhh ! rugit-il avant de lui saisir la cheville.

Ce fut au tour de Prue de lâcher un cri de douleur lorsque Mitchell lui enfonça ses griffes acérées dans la chair. Dans l'impossibilité de se dégager, elle songea alors combien ses sœurs lui manquaient. Le Pouvoir des Trois… quelle ironie alors qu'elle se trouvait seule aux prises avec une créature démoniaque !

— Tu as peur, n'est-ce pas ? grogna Mitchell en se redressant tandis que sa queue battait sauvagement le carrelage.

Sa queue ? Mais bien sûr !

Réunissant à nouveau tout ce qu'elle avait d'énergie, Prue agita sa paume au-dessus de l'horrible fouet parsemé d'écailles tranchantes. Et, par la seule puissance de sa télékinésie, elle ordonna au membre de s'enrouler autour du cou de Mitchell. Laissant échapper un couac ridicule, il se vit forcé de lâcher la cheville de Prue, qui en profita pour s'écarter… mais pas trop.

Car elle n'en avait pas terminé avec lui. De nouveau, elle leva les mains sur lui et resserra l'étau que formait la queue diabolique autour de sa gorge. De ses pattes griffues, il tenta de se dégager, mais en vain. Prue ne put réprimer un petit rire devant la grimace qui se dessina sur sa figure repoussante.

Pour protéger son cou, il va devoir se couper la queue, songea-t-elle, non sans une certaine satisfaction.

— Qui est-ce qui a peur, maintenant ? lui demanda-t-elle au moment où ses doigts claquaient de nouveau.

La queue, cette fois, au lieu de se resserrer autour de la gorge de Mitchell, le tira avec force et l'entraîna hors de la cuisine. Lorsqu'il arriva, titubant, à l'entrée du salon, Prue lui asséna une autre décharge qui l'envoya crapahuter jusque devant le rideau de la véranda. Il semblait que ses écailles perdaient un peu de leur affreuse couleur verdâtre et que sa respiration devenait rauque. Luttait-il pour rester conscient ?

C'est ce qu'on va voir, se dit Prue en le contournant d'un air dégoûté pour aller ouvrir la tenture de velours. D'une nouvelle pichenette, elle ordonna au monstre de ramper au pied des mannequins endormis. À demi asphyxié, il se redressa péniblement, tout en roulant vers la jeune femme un regard glauque et suppliant.

— Oh, Mitchell… murmura-t-elle sur un ton chargé de fausse pitié.

Puis elle se dirigea vers l'appareil photo de

Nikos, glissa la tête sous le drap de velours noir et fit le point sur Mitchell.

— Dis Hadès ! lui lança-t-elle au moment de déclencher l'obturateur.

Son immense corps arc-bouté par la douleur, Mitchell poussa un rugissement sauvage. À l'instant où se déclencha le flash, ses os parurent se ramollir d'un seul coup et il s'effondra sous son propre poids… pour chuter pile sur l'image du beau Nikos qui, dans un nuage de fumée, se volatilisa. Un instant plus tard, ce fut Mitchell lui-même qui disparut dans une explosion étincelante.

Prue se rua auprès des modèles pour s'assurer qu'aucun d'entre eux n'avait été blessé par la spectaculaire désagrégation des deux créatures. Constatant qu'ils allaient tous bien, elle se redressa et lâcha un profond soupir.

O.K., plus de démon à l'horizon, mais le plus dur restait à faire, maintenant : réparer son oubli impardonnable et récupérer Piper au plus vite !

Elle referma le rideau de velours et se mit à réfléchir en faisant les cent pas dans le salon. Il y avait sûrement un moyen. Mais lequel ? Elle savait que le *Livre des Ombres* ne lui serait plus d'aucun secours, à présent. Le volume magique ne lui avait-il pas offert une fois la possibilité d'envoyer Piper sur le Mont Olympe et, ensuite, de la faire revenir au coucher du soleil ?

Le coucher du soleil… Comment avait-elle pu laisser passer un moment aussi important ?

Prue s'arrêta brusquement d'arpenter le salon. Mais oui ! Les baisers de Mitchell avaient dû l'ensorceler, la plonger dans une sorte de léthargie qui lui avait fait totalement oublier ses responsabilités, donc l'existence de Piper et de Phoebe. Voilà pourquoi elle s'était sentie comme envoûtée chaque fois qu'il l'avait embrassée ! Voilà pourquoi elle avait abandonné le navire chaque fois que les lèvres de cette sale créature s'étaient refermées sur les siennes !

Prue secoua la tête d'un air furieux. Cela n'excusait en rien sa faute. Elle avait tout gâché, et ce genre de bévue n'était pas dans les habitudes de Prue Halliwell ! Surtout lorsque le destin de ses deux sœurs était en jeu.

Il lui fallait trouver une solution. Et vite.

Cependant, son esprit restait complètement vide, paralysé par l'énormité de la situation. Elle n'avait aucune idée de ce qu'il fallait entreprendre, et elle se sentait désespérément seule. Se laissant tomber sur le canapé, elle contempla d'un air absent l'horloge comtoise dont le balancier allait et venait en égrenant les secondes. Des secondes tellement cruciales…

Soudain, Prue sursauta. Bondissant sur ses

pieds, elle courut vers l'horloge, fit mine de l'embrasser et se rua dans l'escalier.

— Mais c'est évident, marmonna-t-elle en grimpant les marches quatre à quatre. Le charme qui sert à voyager dans le temps ! Il nous a servi pour repartir des centaines d'années en arrière. Pourquoi pas une heure, seulement ?

Arrivée devant le grenier, elle ouvrit la porte qui grinça sur ses gonds.

— Phoebe a noté quelque part les paroles de cette formule. Il faut absolument que je retrouve ce bout de papier.

D'une main nerveuse, elle ouvrit le petit placard où sa sœur rangeait les charmes et les incantations que lui dictait d'habitude le *Livre des Ombres*. Il y avait là, en vrac, toutes sortes de fioles et de potions, un journal qu'elle tenait à propos des démons qu'elles avaient vaincus grâce au Pouvoir des Trois, et… des peluches qu'elle gardait depuis l'enfance.

Avec un soupir de lassitude, Prue commença à fouiller dans le pire désordre qui puisse exister ! Dégotant des morceaux de serviette en papier annotés de l'écriture de Phoebe, elle les déchiffra :

— Un charme d'amour… Intéressant ! Une incantation pour entrer en contact avec les morts…

un autre charme d'amour… encore un autre… Phoebe !

Avec des gestes rageurs, elle poursuivit sa recherche quand elle tomba sur un autre bout de papier… griffonné des deux côtés.

— *Voyage dans le temps*, lut-elle enfin. Hum… dans le futur… ce n'est pas ce que je veux. Ah, voilà… dans le passé. Parfait. Surtout, ne pas me tromper. Je n'ai plus droit à l'erreur, maintenant.

Après avoir mémorisé la formule, Prue glissa le papier dans la poche de son short et se mit à chanter :

— *Ce temps qui m'emprisonne, Donnez-moi le pouvoir de m'en échapper, Et de repartir vers le passé.*

Quand elle eut prononcé trois fois les paroles magiques, la jeune femme baissa les yeux sur sa montre. L'heure n'avait pas changé ! Courant vers la lucarne nichée au fond du grenier, elle regarda dehors. Il faisait toujours nuit ! Le charme de Phoebe avait pourtant marché, avant. Pourquoi pas maintenant ?

Consternée, Prue comprit soudain ce qui manquait : le Pouvoir des Trois. Elle laissa échapper un petit rire sec. Quelle ironie ! Il lui était impossible de sauver ses sœurs… sans ses sœurs !

— Je n'arrive pas à le croire ! s'écria-t-elle en se tapant le front. Je ne réussirai jamais…

Anéantie, les larmes aux yeux, elle s'effondra dans le vieux fauteuil de cuir. D'un revers de main elle essuya ses yeux humides et la laissa retomber sur le coussin. C'est alors qu'elle sentit quelque chose, sous ses doigts. Un objet doux et soyeux… une vieille peluche ayant appartenu à Phoebe. Sans doute tombée du placard, quelques instants plus tôt, quand elle cherchait ses formules magiques.

C'était un petit chien, que sa sœur chérissait quand elle était enfant, et qu'elle avait prénommé Charles. Partout, elle le traînait avec elle, il ne la quittait jamais.

— Mais, au fait… murmura-t-elle, une main sur le menton. Si je n'ai pas Piper et Phoebe, j'ai au moins Charles ! Et si je trouvais quelque chose, aussi, qui ait un lien serré avec Piper ? Peut-être que ces objets pourraient abriter un peu de leur esprit ? Et donc… un peu de leurs pouvoirs !

Redescendant l'escalier à la vitesse de la lumière, Prue se rua dans la chambre de Piper. Qu'est-ce qui pouvait compter précieusement pour elle ? Qu'est-ce qu'elle… ?

— Mais oui ! s'exclama-t-elle en faisant claquer ses doigts. Le collier de grand-mère !

Un instant plus tard, elle sortait de la boîte à bijoux de Piper une délicate chaîne en or, où pendaient un soleil et une lune stylisés, un cadeau que lui avait remis sa grand-mère avant de mourir.

Quant à Phoebe, si elle avait pris le soin de le ranger avec ses précieuses potions magiques, son cher petit Charles ferait parfaitement l'affaire.

Prue remonta au grenier, se passa la chaîne autour du cou, serra la peluche entre ses mains, ferma les paupières et récita de nouveau l'incantation.

Une fois, deux fois, trois fois.

Subitement, un coup de vent vint balayer ses cheveux, pour se calmer aussitôt. Elle ouvrit les yeux et, lentement, se retourna vers la lucarne.

Un léger rayon la traversait, déposant sur le vieux tapis d'Orient une douce lueur orangée. Le cœur battant, Prue regarda sa montre : sept heures moins le quart. Oui ! Il lui restait un quart d'heure avant le coucher du soleil !

Sanglotant presque de soulagement, elle dégringola une nouvelle fois l'escalier, fila dans la cuisine et saisit sur le comptoir la formule qui avait propulsé Phoebe sur le Mont Olympe. Puis elle courut ouvrir la porte d'entrée et s'installa sur le porche pour mieux apercevoir le soleil… qui commençait à disparaître derrière les arbres.

Elle attendit encore une minute et, enfin, prononça l'incantation magique.

— *De l'Olympe, ramenez la voyageuse. Alors*

que se couche l'astre solaire, le ciel, désormais, ne peut la retenir. Que les nuées bienveillantes qui, hier, l'ont accueillie, aujourd'hui la relâchent et la laissent revenir…

Un instant passa. Une éternité, durant laquelle Prue resta pratiquement en apnée.

Puis quelque chose la fit se retourner et regarder par la fenêtre qui donnait dans la cuisine. Là, elle découvrit Piper en train de se matérialiser, pile à l'endroit où elle avait disparu, ce matin, telle quelle dans son sweat-shirt, son caleçon et ses tennis. Elle lui faisait un signe de la main, le même que celui qu'elle avait esquissé avant de disparaître.

Prue retourna en trombe dans la maison et fit irruption dans la cuisine, au moment où Piper reprenait totalement forme et jetait un regard contrarié sur la table démolie. Enfin, elle leva les yeux sur sa sœur.

— Piper ! s'écria Prue. Je suis tellement contente de te voir !

— Vraiment ? Mais, où étais-tu, quand le soleil s'est couché… pour la première fois ?

— Je… j'étais…

— Tu m'as oubliée, avoue-le ! Ce que tu faisais était donc si import… Mais, dis-moi, c'est ma chaîne que tu portes, là !

— Oui, c'est une longue histoire, répondit

Prue en riant malgré elle. Je te raconterai. Mais d'abord, est-ce que tu as pu rencontrer Zeus ?

— Oui, je l'ai vu. Mais j'attendais mieux de sa part.

— Quoi ? Qu'est-ce qu'il a dit ?

— Qu'il protégerait Phoebe des démons d'Hadès, et qu'il l'aiderait à sortir des Enfers.

— Et… ensuite ?

— Eh bien, en fait, il ne va pas simplement la faire revenir comme ça sur terre, soupira Piper. Il faut qu'on aille la chercher là-bas…

Un instant, Prue crut défaillir. Un autre voyage dans le monde des morts ! Puis, elle se ressaisit en songeant que, de toute façon, elles n'avaient pas le choix.

— L'appareil, dit-elle. On y va.

— Tu as raison. Allez, c'est reparti !

Les deux sœurs allèrent se placer devant l'appareil ensorcelé, et Prue saisit la cordelette du déclencheur.

— Et… les autres ? se rappela-t-elle soudain. Ils sont protégés par Zeus, aussi ?

— Hum… il m'a bien fait comprendre que, pour eux, c'était notre problème, pas le sien.

— Bien sûr, c'est tellement simple, marmonna-t-elle. Alors, il nous faut arracher Phoebe des griffes de Nikos, nous débrouiller pour retrouver nos mannequins – qui peuvent se balader n'importe où dans ces souterrains – et ramener tranquillement tout ce petit monde sur terre.

— C'est à peu près ça, répondit Piper en se mordant la lèvre. Tu crois qu'on y arrivera ?

— Il le faudra bien.

Prue allait déclencher l'obturateur quand Piper l'arrêta d'une main posée sur son bras.

— Attends !

D'un coup de doigts, elle lui ôta la chaîne qu'elle portait au cou.

— Pas question que tu emportes ça dans ce pays de zombies. On va plutôt prendre ce coupe-papier en argent, et puis cet encrier en cristal. Pour Charon, le passeur, ça fera bien l'affaire.

— Tu as raison, lui dit Prue.

Puis elle saisit la main de Piper et appuya sur le déclencheur.

11

Au plus profond du monde d'Hadès, les heures semblaient s'éterniser. Sans montre ni fenêtres sur l'extérieur, Phoebe n'avait aucune idée du temps qui s'écoulait – si encore le temps était le même que chez les vivants !

Le château baignant dans une obscurité perpétuelle, elle finissait par se demander si son destin n'était pas désormais figé dans une nuit éternelle. L'angoisse totale !

Recroquevillée sur le lit, les bras repliés sur son ventre qui criait famine, elle gémissait. Il n'y avait rien pour la distraire, dans cette chambre glacée. Pas un livre, pas une photo, rien que de la nourriture !

Phoebe se leva et se dirigea à pas feutrés vers la porte, toujours bloquée par une énorme pierre. Rien. Un silence de mort.

Lentement, elle se laissa glisser le long du mur,

s'assit sur le sol froid et posa la tête sur les genoux. Tout en faisant tourner sa bague de fiançailles autour de son doigt, elle se mit à penser aux superbes modèles qu'elle avait fait venir au manoir pour la photo de Prue. Où pouvaient-ils bien être ? Maintenant que Nikos s'était servi d'eux pour l'attirer, elle et ses sœurs, chez Hadès, ils ne lui étaient plus d'aucune utilité. Qu'avait-il bien pu faire d'eux ?

Soudain, Phoebe entendit un frottement qui lui était devenu familier, maintenant : la pierre que l'on roulait de côté avant d'entrer chez elle. Sans doute encore une de ces femmes-serpents qui venait se glisser dans sa chambre pour lui offrir toutes sortes de mets délicieux.

Et elle ne se trompait pas. La servante entra en ondulant et se dirigea droit vers la table basse pour y déposer un plateau, sans remarquer Phoebe, assise en boule près de l'entréc. Elle regarda vers la couche où la prisonnière passait le plus clair de son temps à dormir ou à se prélasser. L'épais couvre-lit de velours rouge était repoussé sur le côté en un tas informe – un tas qui pouvait ressembler à une silhouette humaine.

Mon Dieu, songea tout à coup Phoebe, *elle pense peut-être que c'est moi…*

La créature lui tournait le dos tandis qu'elle rangeait le pique-nique laissé par Jessica, avant de disposer sur la table les gourmandises et les boissons qu'elle venait d'apporter. Elle ne s'occupait nullement de celle qui était censée dormir à quelques mètres d'elle.

Phoebe retint son souffle.

Et se glissa sans bruit dans le corridor glacé.

— Où est-ce qu'on est ? demanda Prue. Ce n'est pas notre cher royaume d'Hadès, celui qu'on connaît et qu'on déteste tant.

— Non, on est dans un bateau ! s'écria Piper.

— Ça, je vois.

Elles se trouvaient dans une longue barque, équipée de deux rames, au beau milieu d'une magnifique étendue d'eau bleue. Un atoll… Que faisaient-elles là ?

À quelques encablures, Prue apercevait une île montagneuse, couverte de végétation tropicale, et bordée d'une plage de sable blanc.

— C'est sûr qu'on n'est pas sur le fleuve Achéron, observa Piper d'une voix peu rassurée.

— On ferait mieux de gagner le rivage, tu ne crois pas ? proposa Prue. Peut-être que, là-bas, on trouvera un portail qui nous mènera au royaume d'Hadès.

Saisissant chacune une rame, les deux sœurs se mirent à pagayer vers l'île. À mesure qu'elles avançaient, Prue scrutait le rivage mais ne distinguait rien de nouveau. Sauf, peut-être…

— Piper… dit-elle soudain. Tu as vu ?

— Quoi ?

— Quelque chose qui bougeait, là-bas. Sur les rochers, près de l'entrée du lagon. Ça a brillé une demi-seconde, comme un flash sous le soleil. On aurait dit… quelqu'un.

— Tu es sûre ? Qu'est-ce que ça pourrait être ?

— Vu les charmantes visites auxquelles on a eu droit, ces derniers temps, il faut s'attendre à tout. En tout cas, qui ou quoi que ce soit, ça ne m'a pas l'air bienveillant.

— Dis, on ne pourrait pas faire le tour de l'île pour essayer d'accoster un peu plus loin ? demanda Piper, de moins en moins rassurée.

— Non, il faut s'approcher, au contraire. Peut-être qu'on verra mieux de quoi il s'agit. Le lagon semble être le meilleur chemin pour atteindre l'île. Si on passe à côté, on aura toutes ces montagnes à grimper, tu imagines !

— Oui, et le temps presse. Allez, on se lance.

— Tiens-toi prête à figer tout ce qui tentera de nous tomber dessus, lui conseilla néanmoins Prue.

Alors qu'elles progressaient lentement, de gros rochers apparaissaient à l'entrée du lagon. Mais il n'y avait toujours pas la moindre trace de vie.

— Peut-être que la chose que tu as vue se cache derrière ces blocs de pierre, suggéra Piper.

— Ou peut-être que ce n'était que mon imagination.

C'est alors que Piper aperçut deux yeux émergeant de derrière les pierres, qui les observaient avec intérêt.

— Hum… ce n'était pas ton imagination, Prue. Il y a bien quelqu'un qui nous regarde.

À son tour, Prue aperçut l'espion. Qui, en fait, avait tout l'air d'une femme ! Une masse de cheveux hirsutes couleur sable entourait son visage percé de deux immenses yeux noirs. L'air tranquille, elle regardait approcher la barque des deux sœurs. Puis, tout d'un coup, elle bondit sur le roc le plus haut.

— Oh, non ! s'écria Piper.

— Mais… elle a des ailes !

— Des ailes, des plumes, des pieds palmés… tout le tremblement. Tu sais ce que c'est, Prue ?

— Non, mais je compte sur toi pour me le dire. C'est toi la spécialiste.

— Une tête de femme, un corps de mouette… Qui vit au bord de l'eau. Je suis sûre de connaître cette créature, mais je suis incapable de mettre un nom dessus. Ce n'est pas une Harpie, en tout cas, elle est moins laide.

Tandis que Piper tentait de se rappeler ses classiques, deux autres femmes-oiseaux apparurent et, d'un battement d'ailes, vinrent se poser à côté de la première.

— Au moins elles ne nous attaquent pas, observa Prue. Et elles n'ont pas l'air de nous observer d'un sale œil. D'après toi, c'est bon signe ?

— J'espère.

Cependant, Piper avait un mauvais pressentiment sur ces créatures bizarres. Qui pouvaient-elles bien être ? La plus grande, celle qui semblait être leur chef, ouvrit alors la bouche, comme si elle voulait dire quelque chose.

C'est alors que la mémoire revint à Piper.

Saisissant le bras de Prue, elle lui souffla :

— Je sais ce que c'est ! Des Sirènes. Surtout, n'écoute pas leur ch…

Mais, sans que Piper ait eu le temps d'achever sa phrase, une ravissante mélodic s'échappa de la bouche des trois femmes, qui submergea l'esprit de Piper d'une irrésistible vague de plaisir. C'était le chant le plus merveilleux qu'elle ait jamais entendu. Tiède et envoûtant, il l'enveloppait, l'imprégnait tout entière, si bien qu'elle en oublia tout le reste. Le désir de prévenir Prue, les craintes qu'elle nourrissait pour Phoebe, tout cela partit en fumée.

Flottant dans une espèce d'extase, elle se

tourna vers Prue qui, à voir son visage, commençait à ressentir les mêmes effets. Totalement sous le charme des Sirènes, les deux sœurs pagayèrent jusqu'au rivage, immobilisèrent leur barque sur la plage, puis en descendirent pour s'avancer vers les créatures enchanteresses.

Une fois qu'elles les eurent rejointes sur le rocher, Piper et Prue s'assirent près d'elles, en espérant de toutes leurs forces que ce chant sublime ne s'arrête jamais. Sa beauté était telle que Piper finit par fermer les yeux et s'allonger. Jetant un regard embrumé sur Prue, elle la vit bientôt faire la même chose.

Elles se sentaient si bien, si merveilleusement bien. Toute tension avait disparu de leur corps. C'était le pur bonheur, la béatitude parfaite.

D'un pas furtif, Phoebe traversa une série de corridors sans savoir où elle se dirigeait. Mais qu'importe. Tout ce qui comptait, c'était de retrouver les cinq modèles et quitter au plus vite l'antre de Nikos.

Au bout d'un moment, le sol commença à descendre sous ses pieds nus, et le corridor se fit plus sinueux, plus noir, plus tortueux à mesure qu'elle progressait. Un moment, la jeune femme passa devant une salle où était dressée une énorme table de banquet. Mais où étaient passés les occupants de ce sinistre royaume ? Et allait-elle enfin trouver une issue à ce labyrinthe infernal ?

Si Nikos voulait cacher ceux qu'il retenait prisonniers, où les garderait-il ? Soudain, Phoebe s'arrêta car, devant elle, le couloir laissait place à une pente vertigineuse, qui semblait plonger vers les ténèbres. Des oubliettes… ?

Elle vérifia qu'aucune servante, qu'aucun membre de la famille royale ne soit tapi quelque part, en train de l'épier. Puis elle souleva les pans de sa lourde robe de velours et commença à descendre. Vite, de plus en plus vite sur le sol humide et glissant, indifférente à la sueur froide qui lui inondait le visage, au nœud qui nouait son pauvre estomac vide.

Enfin, la pente se radoucit et le sol retrouva une horizontalité presque rassurante. De loin en loin, sur les murs du corridor qui se rétrécissait encore, brillait la faible lueur d'une torche. Et, tous les cinq ou dix mètres, Phoebe passait devant une chambre dont l'entrée était bloquée par une énorme pierre.

Des cellules comme la mienne, songea-t-elle. *Mais celles qui sont enfermées là ne sont certainement pas des fiancées royales…*

— Chloé ? appela-t-elle doucement.

La pauvre fille n'avait sûrement pas de maquilleuse ni d'eau d'Évian à sa disposition. Elle devait mourir d'horreur dans ces lieux sordides.

— Chloé ! répéta-t-elle plus fort, en se disant que personne dans le château ne pourrait l'entendre. Madeleine ! Kurt ! Vous êtes là ?

Phoebe s'arrêta, un instant, pour souffler. C'est alors qu'elle entendit un son étrange, une plainte. Mais si distante qu'elle lui parut presque irréelle.

— Chloé ! cria-t-elle. Madeleine !

Elle colla une oreille contre l'une des pierres. Et, cette fois, elle l'entendit plus nettement. Un cri étouffé.

— À l'aaaaaide !

— Oh, mon Dieu… gémit-elle. C'est Phoebe ! Je suis là, je vous entends ! Courage, je vais vous tirer de là !

Puis, s'appuyant le dos contre la paroi humide et glacée, elle soupira :

— Mais comment ?

— Bonne question, Phoebe !

Secouée par un violent sursaut, elle fit volte-face et lâcha un cri aigu tandis que Nikos, dans un nuage scintillant, se matérialisait devant elle. Les lèvres retroussées sur ses dents immaculées, les yeux brillants de rage, il la considérait d'un air cruel.

— Je suis venu personnellement te chercher dans ta chambre, lui cracha-t-il. Mon père offre un banquet en ton honneur, des petites réjouissances prénuptiales. Toute ma famille est là, avec les courtisans et les créatures qui me servent.

Voilà donc où ils étaient tous passés.

— Imagine un peu mon embarras, poursuivit-il d'une voix aigre.

— Et toi, imagine la douleur de ceux que tu as emprisonnés ! rétorqua-t-elle. Tu as réussi à m'attirer ici. Tu n'as plus besoin d'eux. S'il te plaît, Nikos, peux-tu les renvoyer sur terre ?

— Ne sois pas naïve, Phoebe. Et ne rajoute plus un mot, s'il te plaît. Je t'ai habillée de magnifiques vêtements, j'ai fait arranger ton horrible chevelure, je t'ai fait porter des mets délicieux, et voilà comment tu me remercies ? En espionnant mon palais ? Ou bien, cherchais-tu à t'enfuir ?

Comme Phoebe restait muette, Nikos partit d'un rire satanique puis ajouta :

— Tu n'as aucune chance de t'échapper, ma chère ! Pas plus que tu ne parviendras à te défaire de l'anneau que j'ai glissé à ton doigt. Je te jetterais dans une de ces cellules si ma famille n'attendait pas de te voir apparaître à cette fête. Nous y allons, maintenant. Et, demain matin, nous serons mariés.

— Demain ! Mais, ton anniversaire n'est que dans…

— Trois jours, en effet. Cependant, ton entêtement me pousse à agir plus vite. Une fois que nous serons mariés, tu seras à moi. Tu ne peux y échapper. À moins que Zeus n'intervienne, ce qui me semble tout à fait impossible.

Avec un rire féroce, Nikos saisit violemment Phoebe par le bras. Elle poussa un cri en se voyant dématérialiser en même temps que son tortionnaire.

Lorsqu'elle retrouva son corps, elle était toujours prisonnière de l'étreinte de Nikos. Ils se tenaient dans un vestibule, devant la salle de banquet qu'elle avait aperçue un peu plus tôt. Autour d'eux, des rires s'élevaient, des voix résonnaient, des verres s'entrechoquaient et des couverts d'argent tintaient contre la vaisselle de porcelaine.

— Nous entrons, à présent, lui souffla Nikos. Ne me crée pas d'embarras, cette fois. Sinon, c'est tout de suite que la cérémonie aura lieu !

12

Depuis combien de temps étaient-elles là, sur ces rochers, à écouter le chant mélodieux des Sirènes ? Prue l'ignorait mais elle n'avait qu'un désir : que cette musique délicieuse ne cesse jamais.

Et pourtant, tout à coup, les merveilleuses harmonies s'arrêtèrent. Prue s'étira en grimaçant. Elle voulait que cette musique recommence. Elle en avait besoin. Elle entendit Piper gémir, à côté d'elle. Elle aussi regrettait que ces airs si beaux aient cessé.

Avec un immense effort, Prue ouvrit les yeux et aperçut les Sirènes. La bouche désormais hermétiquement close, les femmes-oiseaux les contemplaient, toutes les deux. Leurs perçants yeux noirs renfermaient une lueur hostile, à présent, et leur chef se mit à sautiller sur ses pattes palmées, en direction de Prue. Qui, avec horreur, vit briller sous son aile la lame d'un couteau !

La jeune femme voulut crier, mais le chant magique l'avait plongée dans une trop grande léthargie. Elle fut tout juste capable de lever la tête et de marmonner quelques mots :

— Prévenir… Piper… vite…

La Sirène approchait. Avec un rictus grotesque, elle leva son couteau au-dessus de la tête des deux sœurs.

Paniquée, Prue eut cependant le réflexe de lever une main, le seul geste qu'elle pouvait esquisser.

Pourvu que ça suffise…

Concentrant le peu d'énergie qui lui restait, elle s'efforça de rassembler ses pouvoirs de télékinésie et claqua des doigts en direction de la Sirène.

Soudain projetée en arrière, la créature démoniaque perdit l'équilibre et, sans avoir le temps d'ouvrir ses ailes, dégringola du rocher où elle se tenait et chuta dans les eaux bleues, en contrebas. Le cri de rage qu'elle lança alors perça littéralement les tympans de Prue, lui vrillant le cerveau et le débarrassant en même temps de la brume qui le paralysait.

L'esprit un peu plus clair, la jeune femme sortit de sa léthargie, se redressa sur les coudes et se tourna vers Piper. Qui se tenait les oreilles et tentait péniblement de se mettre debout.

— Prue… articula-t-elle. Ces Sirènes… elles attirent les marins vers leur mort… en les hypnotisant comme elles l'ont fait avec nous. Elles essaient de nous tuer !

— Attends que j'intervienne ! répliqua Prue d'une voix déterminée.

Elle se leva à son tour et, titubant sur des jambes encore flageolantes, claqua des doigts devant la deuxième Sirène, qui, elle aussi, disparut derrière les rochers. Au moment précis où la première revenait à la charge. D'un violent coup d'ailes, brandissant son poignard, elle fondit sur les deux sœurs.

— Piper ! hurla Prue.

— Vu !

D'une main levée, elle stoppa la Sirène en plein vol, dont le visage se figea en une grimace hideuse. Tout aussi pétrifiées, ses deux compagnes s'immobilisèrent pile à l'instant où elles s'apprêtaient à voler à la rescousse de leur chef.

— On file ! cria Prue.

Bien qu'encore très faibles, elles réussirent à dégringoler jusqu'au pied de la colline. Puis elles se mirent à courir vers l'épaisse végétation tropicale qui tapissait le fond de la plage.

— Je me sens tellement… molle, souffla Piper avant de s'affaler sur le sable.

— Non, non, continue ! lui lança Prue. Elles vont se réveiller et…

Un cri aigu coupa net la fin de sa phrase. Les Sirènes !

Tournant la tête, Prue vit les trois horribles créatures se secouer et détendre leurs ailes.

— Vite, Piper, elles ne nous ont peut-être pas encore repérées. On court se planquer sous les arbres !

Trop tard. Déjà, la première des Sirènes, suivie de près par ses deux compagnes, fondait sur elles en les menaçant de son couteau.

C'est alors que Piper se rappela ce qu'elle avait emporté avec elle, pour payer Charon, le passeur des Enfers. Le coupe-papier en argent de grand-mèrc Halliwell ! Sans cesser de courir, elle l'extirpa de la ceinture de son caleçon, puis s'arrêta brusquement, fit volte-face et attendit que la Sirène arrive sur elle. Alors, elle le brandit bien haut et le flanqua dans le corps du volatile. Pour sa plus grande surprise, la lame alla directement chercher le cœur de son ennemie, qu'elle transperça.

Poussant un dernier cri strident, la créature tomba sur le sable avec un bruit sourd. Un liquide verdâtre s'échappa alors de son corps explosé, en souillant son beau plumage blanc. Devant ce spectacle affligeant, les deux autres Sirènes lâchèrent des piaillements gutturaux puis se posèrent près d'elle, affolées, sans cesser de sautiller sur le sable.

— C'est le moment de les figer ! dit Piper en levant les mains.

— Bravo ! Allez, on décolle avant que ces bestioles aient l'idée de se venger ! cria Prue.

À présent assez solides pour courir à toutes jambes, les deux filles se ruèrent vers la forêt tropicale et plongèrent sous les arbres. Puis, elles commencèrent à se frayer un chemin à travers l'épaisse végétation, non sans se retourner de temps à autre pour s'assurer que les Sirènes ne se pointaient pas derrière elles.

— Je ne crois pas qu'elles vont nous suivre là-dedans, déclara Piper. Elles ne pourront sans doute pas voler dans ces feuillages. Ils sont trop épais.

— Il faut quand même mettre le plus de distance possible entre elles et nous, lui conseilla Prue. Je n'arrive pas à croire comment leur musique a pu nous hypnotiser à ce point. C'est hallucinant !

— Tu sais, la légende raconte que seuls les marins les plus héroïques arrivaient à résister à leur chant, raconta Piper. Je ne sais pas comment on a fait pour leur échapper.

— Une petite touche de sorcellerie, voilà tout, lui dit Prue en souriant.

Elles poursuivirent leur chemin puis, bientôt, rencontrèrent un ruisseau qu'elles se mirent à longer. Au bout d'un kilomètre ou deux, Prue s'arrêta et appela sa sœur qui marchait à quelques mètres devant elle.

— Piper !

— Oui ?

— Regarde ce qui nous entoure ! J'ai l'impression qu'on se retrouve dans le domaine de Nikos.

— Tu… tu crois ?

Sans qu'elles s'en aperçoivent, le sol était devenu boueux, et le frais parfum de la forêt avait disparu pour laisser place à une odeur âcre et entêtante.

— Regarde les arbres, ils n'ont plus une seule feuille. Et les troncs, ils sont tout tordus… comme au bord du fleuve Achéron.

— C'est vrai. Et… la montagne, là-bas ! Tu te souviens, l'entrée de la grotte se trouvait en contrebas.

— Alors, ce ruisseau, remarqua Prue, il devrait nous y mener.

— Oui, d'ailleurs il commence à changer de débit. Tu entends, il devient plus fort.

— Phoebe, nous voilà ! s'écria Prue en levant haut les bras.

Assise sur une majestueuse chaise ornée de dorures baroques, Phoebe tentait péniblement de garder les yeux ouverts. Le banquet n'en finissait pas, et les invités semblaient bien loin de se fatiguer. Ils ne cessaient pas de boire, engloutissaient les plats les uns après les autres, et continuaient de rire aux éclats devant les blagues les plus insignifiantes.

Jessica n'avait pas menti quand elle disait que la vie chez Hadès n'était qu'une fête interminable. Le regard vide des convives ne poussait guère à la conversation, et Phoebe, de toute façon, s'était refusée à répondre les rares fois où l'un d'eux lui avait adressé la parole. Après cela, tous s'étaient mis à faire comme si elle n'existait pas.

Elle lança un regard à celui qui se tenait au bout de la longue table. Ce devait être Hadès, le maître des Enfers. Dans son visage émacié, elle reconnut les yeux bleus et les mâchoires carrées de Nikos. Ses cheveux étaient tout aussi noirs mais striés de quelques mèches argentées. Malgré son impressionnante stature, Phoebe s'étonnait qu'il représente un dieu aussi puissant. Il paraissait aussi creux que tous les autres personnages de ce banquet, et bien trop absorbé par ses plaisirs pour s'intéresser à sa future belle-fille. Vautré dans son fauteuil de géant, il buvait, riait, flirtait avec les femmes-serpents qui l'entouraient.

Écœurée, Phoebe se détourna.

Pour la cent millième fois, ses yeux tombèrent sur les mets appétissants qui s'étalaient devant elle. Elle soupira et regarda un instant Nikos, assis à quelques places de la sienne. Lui aussi festoyait, parfaitement indifférent à sa fiancée. Elle se sentait si lasse. Comment allait-elle tenir la nuit entière ?

Pour s'occuper les mains, elle saisit une grenade dans un somptueux panier richement décoré, et la fit rouler entre ses paumes. Petites, elle adorait ce fruit que sa grand-mère offrait pour les fêtes de Thanksgiving. Elle s'amusait à les décortiquer et à en croquer les pépins juteux. Ils éclataient dans la bouche avec un bruit délicieux, et laissaient sur les lèvres une traînée rouge sang…

D'un geste absent, Phoebe commença à peler la grenade, puis l'ouvrit en deux pour découvrir les pépins regroupés au cœur du fruit. Ils ressemblaient à des rubis… les mêmes que ceux qui ornaient sa bague.

Malgré elle, la jeune femme laissa échapper un petit sanglot. Cet anneau détestable était comme soudé à son doigt. Autant se résigner tout de suite : elle allait passer le reste de sa vie dans cet horrible palais, sombre et glacé, en compagnie de ces êtres insipides. Il n'y avait aucun espoir. Et aucune chance d'échapper à cet endroit sordide, surtout lorsqu'elle se sentait aussi faible, aussi dénuée d'énergie.

L'esprit enveloppé par une brume étrange, Phoebe ôta un à un les pépins de la grenade et les éparpilla sur la nappe. Puis elle les contempla. Ils avaient l'air si appétissants. Elle en prit un entre ses doigts et le considéra un instant… avant de le porter lentement à ses lèvres.

— Phoebe, non !

Quoi ? D'où venait cette voix ?

Elle tourna la tête en tous sens, mais personne autour de la table ne la regardait. Ils continuaient de rire entre eux, engloutissant de plus en plus de vin, mâchonnant des os charnus ou s'enfilant dans le gosier des cuillers dégoulinantes de soupe. Était-ce la faim qui lui donnait des hallucinations ?

— Derrière toi !

Phoebe se pétrifia. Puis, furtivement, elle se retourna et aperçut Piper, accroupie, dissimulée derrière l'imposante chaise qu'elle-même occupait.

— Piper… souffla-t-elle en baissant un bras pour attraper la main de sa sœur.

Des larmes de joie lui envahirent les yeux.

— Je… je croyais ne plus jamais te revoir.

— Tu as mangé quelque chose depuis que tu es ici ?

— Euh… non, répondit-elle sur un ton surpris.

J'essayais plutôt de faire la grève de la faim. Pourquoi ?

— Oh, tant mieux ! soupira Piper en regardant sa sœur avec des yeux embués de larmes, elle aussi. Surtout, tu n'avales pas la moindre miette de quoi que ce soit. On va te sortir d'ici. Prue est là, aussi.

— Où ça ?

— Là-bas, derrière la porte, à l'entrée de la salle. Ça fait un bout de temps qu'on vous observe. Personne ne semble faire attention à toi. C'est incroyable.

— C'est peut-être parce que je n'ai rien avalé de leur nourriture, murmura Phoebe. Elle doit être ensorcelée parce que ça les rend tous bizarres. On dirait que ça leur vide la tête…

— Écoute, reprit Piper, si tu te lèves très discrètement, je suis sûre qu'ils ne remarqueront rien. Personne n'a regardé dans ma direction, quand je suis entrée.

— D'accord, j'essaie.

Pendant que Piper s'écartait sans se faire repérer, Phoebe jeta un coup d'œil autour d'elle. Rien n'avait changé, tous continuaient à parler et à manger. À quelques places de la sienne, Nikos faisait tinter son verre contre celui d'une femme-serpent et lui mordillait l'oreille.

Beurk, songea-t-elle. *J'imagine qu'il veut vivre*

à fond ses derniers instants de célibataire. Ne te gêne pas, Nikos. Moi, je mets les voiles.

Sans bruit, Phoebe repoussa sa lourde chaise et glissa de son siège. Puis elle releva les pans de sa robe, s'accroupit à demi et longea la table, derrière les convives occupés à festoyer. Enfin, elle atteignit l'entrée et, après un regard furtif sur la salle, se glissa dehors, pour tomber dans les bras de sa sœur aînée.

— Oh, Prue ! pleura-t-elle, la tête appuyée sur son épaule. C'est épouvantable, Nikos voudrait me forcer à l'épouser. Son père a décidé que, s'il n'était pas marié le quinze août, il serait banni sur terre et ses pouvoirs disparaîtraient.

— Qu'est-ce qu'il y a le quinze août ? demanda Prue en lui caressant affectueusement les cheveux.

— C'est son anniversaire. Il aura vingt-cinq ans. Il faut qu'on parte tout de suite. C'est demain matin que doit avoir lieu la cérémonie du mariage !

— On s'en va, Phoebe, ne t'inquiète pas, lui répondit Prue. Mais il faut d'abord que tu me dises où se trouvent nos mannequins.

— Dans les oubliettes, articula-t-elle en s'essuyant les yeux. Il y a une grosse pierre qui bloque l'entrée de leur cellule. J'espère qu'avec tes pouvoirs tu sauras la faire bouger.

— Fais-moi confiance, Phoebe. Allez, montre-nous.

Les trois sœurs sortaient du vestibule lorsqu'une silhouette luminescente apparut devant elles. Nikos ! Son verre encore à la main, il avait dû quitter subrepticement le banquet quand il s'était rendu compte de la disparition de la jeune femme.

— Je t'avais prévenue, Phoebe, lui dit-il avec un sourire cruel.

Il jeta alors au loin sa coupe de cristal, qui alla se fracasser sur le sol.

Puis il leva le bras sur sa fiancée et l'abattit sur son visage. Mais, à l'instant où il allait atteindre sa joue, sa main fut brutalement projetée en arrière, comme si elle venait de rebondir sur un mur de caoutchouc.

Il resta un instant bouche bée de stupéfaction, puis essaya à nouveau de frapper Phoebe. Mais, une fois encore, sa main fut rejetée en arrière.

— Quoi… ? Qu'est-ce que… ? balbutia-t-il.

— C'est juste une petite blague de Zeus, lui dit Piper. Il a décidé que Phoebe était libre. Elle est sous sa protection. Nous sommes toutes les trois sous sa protection. Nous la ramenons chez nous.

Les yeux flamboyant de colère, Nikos poussa un cri de rage. Puis, brusquement, il se calma, et un sourire démoniaque se dessina sur ses lèvres.

— D'accord, vous avez Phoebe, déclara-t-il, les bras croisés sur la poitrine. Mais, *moi*, j'ai les autres. Vos jolis modèles. Cinq innocents, qui mourront, l'un après l'autre, jusqu'à ce que Phoebe accepte de m'épouser.

13

Tandis qu'il proférait sa menace, Nikos frappa dans ses mains. Aussitôt, trois servantes se présentèrent devant lui et se prosternèrent à ses pieds.

— Allez me chercher les prisonniers ! ordonna-t-il.

Les femmes-serpents disparurent pour revenir à peine quelques instants plus tard, portant les cinq jeunes gens dans leurs bras. Ils avaient l'air hagard et épuisé. Le visage de Chloé, la ravissante blonde qui se prenait déjà pour une pro, était pâle et amaigri, et Kurt semblait avoir perdu tous ses superbes muscles. Tremblants de froid, serrés les uns contre les autres, ils posèrent sur Nikos un regard terrifié.

Lorsque Chloé aperçut Prue, Phoebe et Piper, elle fondit en larmes.

— Où est-ce que vous étiez ? pleurnicha-t-elle.

S'approchant d'elle, Nikos lui passa un bras possessif autour de la taille, l'arracha du groupe et l'entraîna sans ménagement à l'écart.

— Tu sais, Chloé que je ne t'aime pas, siffla-t-il. Tu ne cesses de te plaindre.

Sur ces mots, il sortit un poignard de sa veste de velours et le lui plaqua contre la gorge.

— Aaaaagh ! glapit-elle d'une voix suraiguë.

Instinctivement, Piper leva la main vers Nikos, en oubliant que son pouvoir de figer le temps et les êtres se montrait sans effet sur lui. Quant à Prue, elle était prête à l'envoyer valser à l'autre bout du couloir s'il tentait quoi que ce soit sur Chloé.

Cependant, contrairement à toute attente, il écarta la lame du cou de Chloé, la repoussa vers les autres et, d'un geste lent, glissa le couteau dans son fourreau.

— Non, je ne la tuerai pas moi-même, finalement. Ce genre de besogne n'est pas digne d'un prince. J'ai des mignons qui sauront s'en charger.

Il claqua des doigts et, dans un nuage incandescent, apparut une sorte de géant monstrueux au dos voûté, à la peau écailleuse, et dont la puissante queue battait le sol avec fureur.

— Mitchell ! s'étrangla Prue.

— Mitchell ? répétèrent ses deux sœurs, atterrées.

— Mais… balbutia Piper, vous… vous étiez…

— Par le dieu des Enfers, s'exclama Nikos, la gent féminine est vraiment trop stupide ! Je vous envoie un apollon, et un seul regard sur lui vous fait chavirer. Comment ? Vous ne savez donc pas faire la différence entre Brad Pitt et un démon ?

— Alors, Maître, grogna celui-ci, je ne mérite pas une petite récompense pour avoir mené à bien ma mission ?

— Si, bien sûr, tu l'auras, lui promit Nikos.

Allant s'appuyer contre le mur, il croisa nonchalamment les jambes et fit un petit signe à Mitchell.

— Vas-y, lui dit-il. Saute. Je te laisse la blonde. À moins, bien sûr, que Phoebe n'accepte mes conditions.

— Non ! hurla-t-elle. Ne la touche pas !

— Alors, épouse-moi, dit-il avec un sourire cynique.

L'air désespéré, elle regarda ses sœurs, Nikos, puis les modèles, qui attendaient, toujours aussi terrifiés. Que devait-elle faire ? Sauver la vie de ces innocents et anéantir, par la même occasion, le Pouvoir des Trois ? Ce qui mettrait en danger la vie de tous ceux qui, à l'avenir, auraient besoin d'elles. Ou devait-elle sacrifier la belle Chloé afin de pouvoir retourner sur terre ? Non. C'était impossible !

— Prue, Piper, murmura-t-elle alors que la tête commençait à lui tourner. Aidez-moi !

Prue vit Mitchell s'avancer vers Chloé, glacée de terreur. Elle devait absolument intervenir. Mais comment ?

Puis elle jeta un coup d'œil à Nikos, qui affichait toujours un sourire narquois. C'est alors qu'une idée lui vint.

— Hé ! cria-t-elle au monstre.

Il se détourna de Chloé et la regarda.

— Je te trouve vraiment pathétique, dans ton accoutrement de démon ! À la vérité, il n'y a pas grand-chose derrière cette carapace immonde que tu te trimballes. Tu ne peux rien contre moi, je le sais !

Se tournant vers ses sœurs, Prue ajouta :

— J'ai vaincu ce minable grâce à sa propre queue. Vous n'êtes pas mortes de rire en entendant ça ?

— Qu'est-ce qu'elle nous fait ? murmura Phoebe entre ses dents.

— Je ne sais pas, lui répondit Piper. Mieux vaut entrer dans son jeu. Elle doit avoir une idée derrière la tête.

Mitchell, lui, n'avait pas du tout envie de rire. Grimaçant furieusement, il continua néanmoins d'avancer d'un pas lourd vers Chloé.

— Et puis, continua Prue sur le même ton,

pour ce qui est d'embrasser, j'ai vu mieux. Si tu n'avais pas mis un peu de magie dans les deux misérables baisers que tu m'as accordés, j'aurais vite bâillé d'ennui en ta compagnie.

Cette fois, Mitchell s'arrêta net et fit volte-face, en laissant échapper une giclée de salive qui lui dégoulina sur le torse. Il jeta sur Prue un regard incendiaire avant de lui cracher :

— Ah, oui ? En attendant, tu craquais complètement dans mes bras !

— Ha, je me demande comment ! s'écria-t-elle. Oui, comment ai-je pu craquer pour un journaliste aussi miteux que toi ? Tes articles sont ennuyeux à mourir, et tes reportages, d'une mièvrerie à pleurer !

Cette fois, c'en était trop pour Mitchell. Oubliant Chloé, il poussa un rugissement sauvage et se jeta sur Prue, avant de lui planter ses griffes dans la peau et de lui souffler au visage son haleine fétide et brûlante. Exactement comme il l'avait fait, au manoir Halliwell.

— Tu dis n'importe quoi ! grogna-t-il.

— Oh, non, rétorqua-t-elle, je sais parfaitement de quoi je parle ! Tu as vendu ton âme au prince des ténèbres. Tu as choisi de devenir un de ces mignons qui rampent à ses pieds, en échange de quoi ton corps de mortel a obtenu un poste de troisième ordre au *National Geographic*, ce qui restera sans doute le pinacle de ta carrière !

Au hurlement de rage que poussa Mitchell, Prue sut que son intuition avait été la bonne. Il avait peut-être vendu son âme, mais il gardait encore sa fierté. Son métier était son talon d'Achille.

— Je sais ce qui te ronge, en réalité, poursuivit-elle. Tu n'es qu'un journaleux raté, tu n'as aucun talent. Et, sans Nikos, tu n'es rien. Rien !

Sans hésiter, Mitchell lui érafla la joue d'un coup de patte griffue.

— Prue ! s'écrièrent en même temps Piper et Phoebe.

Mais, d'un geste de la main, celle-ci leur fit comprendre que c'était sans importance. Tout cela sous l'œil amusé de Nikos, qui prenait un plaisir manifeste à cette confrontation.

— C'est mon combat, lâcha-t-elle sur un ton venimeux.

— Oh, ce n'est pas charmant, ça ! s'exclama Mitchell. Prue, mademoiselle Parfaite ! Qui contrôle toujours la situation ! Qui ne se démonte jamais ! Tout est tellement facile pour toi.

— On serait jaloux, par hasard ?

Mitchell la frappa de nouveau, mais elle était si révoltée que la douleur lui parut bien futile à côté de ce qu'elle ressentait.

— Là, tu me déçois ! Tu n'as pas mieux à m'offrir ?

En réponse, il lui asséna une volée de gifles… dont aucune n'atteignit son but. Canalisant en effet sa colère pour la transformer en énergie, Prue esquiva chacun des coups de Mitchell, avant de les bloquer et de les renvoyer sur lui, plus meurtriers encore. Saisie d'une frénésie féroce, elle se défoula sur le monstre, tant et si bien qu'elle le laissa pantelant d'épuisement.

C'est alors qu'elle dégaina son arme fatale.

— Fige-le ! ordonna-t-elle à Piper, qui s'exécuta aussitôt.

Pétrifié en plein mouvement, Mitchell se retrouva hors d'état de nuire… pour quelques instants, seulement. Quelques instants qui suffirent à Prue pour user de ses pouvoirs et l'envoyer valser contre le mur de pierre. La puissance de l'impact lui fit reprendre vie et le sonna en même temps. Secouant la tête, il jeta autour de lui un regard embrumé.

— Comment est-ce que je suis arrivé là ?

— Recommence ! cria Prue à Piper.

Et Piper s'exécuta une fois, deux fois, trois fois, jusqu'à ce qu'il crie pitié :

— Arrêtez ! C'est bon ! C'est trop, je ne tiens plus…

— Comment !? s'éleva soudain une voix outrée.

Celle de Nikos, qui avait joui du spectacle avec un plaisir manifeste, mais qui n'était plus du tout d'accord sur la façon dont tournaient les choses.

— Tu es mon démon ! hurla-t-il. Tu fais ce que je t'ordonne ! Allez, tue cette fille, maintenant !

— Piper… dit Prue.

— Non ! s'écria Mitchell. Ne recommencez pas ! Je ne peux pas… je ne supporte plus…

Il eut un sursaut puis s'effondra, sa tête écailleuse enfouie sous ses pattes griffues.

— Vaincu par une femme ! lui lança Nikos, furieux. Pauvre créature minable !

— Tu aurais pu te précipiter pour m'aider, riposta-t-il en fixant sur lui un œil jaune et torve.

— Non, rappelle-toi ce que je disais tout à l'heure : un prince ne s'abaisse pas à un vulgaire corps à corps. Je laisse cela aux démons de ton espèce. Et puis, je voulais voir ce dont tu étais capable. À présent, je sais. Tu ne m'es plus d'aucune utilité, désormais.

— Quoi !? Mais… on avait conclu un marché !

Gémissant de crainte, il rampa jusqu'aux pieds de Nikos et s'accrocha à ses chevilles.

— S'il te plaît, ne me tue pas ! On avait fait un marché…

— Oh, si tu veux, rétorqua Nikos sur un ton

méprisant. Je te laisse à ta misérable existence, pour ce qu'elle vaut. Quant à notre marché, il n'a plus lieu d'être.

Sous le regard atterré du démon, son maître agita une main et, à l'instant même, Mitchell reprit sa forme humaine. Cependant, son visage fut loin de retrouver sa beauté d'avant, tant il était tordu par la peur et la honte.

— Je… je ne comprends pas, articula-t-il.

— Je t'affranchis, lui expliqua Nikos sur un ton irrité. Tu n'as plus rien à faire au royaume d'Hadès. Retourne sur terre, reprends ton rôle d'humain. Ennuyeux. Et mortel.

— Mais… et ma carrière ?

— Lance-toi dans les ressources humaines. Pour ce que j'en dis…

Sur ce, Nikos claqua des doigts, et le pauvre Mitchell disparut aussitôt, emporté par une boule incandescente qui crépita et remonta vers la terre à la vitesse de la lumière.

Secouant les mains de dégoût, Nikos ressortit le couteau de son fourreau et déclara :

— J'imagine que je vais devoir me charger moi-même de cette sale besogne. On n'est plus servi, de nos jours !

D'un pas rageur, il s'avança vers Chloé, la saisit violemment par le bras et lui fit scintiller la lame devant le nez, histoire de la faire hurler de terreur.

— Phoebe… supplia-t-elle. S'il te plaît…

— Oui, Phoebe, reprit Nikos. Venons-en au fait. Qu'est-ce que ce sera ? Ta main… ou la vie de Chloé ?

Les yeux pleins de larmes, Phoebe s'apprêta à lui répondre. Elle ne pouvait laisser une innocente mourir pour elle. Elle devait se soumettre au bon plaisir de Nikos.

Après un dernier regard angoissé à ses sœurs, elle ouvrit la bouche pour s'adresser au prince…

— *Ce temps qui m'emprisonne, Donnez-moi le pouvoir de m'en échapper !*

C'était la voix de Prue qui résonnait dans le vestibule.

Phoebe et Nikos se retournèrent dans un même élan.

— Qu'est-ce que c'est ? demanda-t-il. Un poème d'adieu ?

— Si l'on veut, oui, répondit-elle en sortant de son short un morceau de papier. *Ce temps qui m'emprisonne, Donne-moi le pouvoir de m'en échapper, Et de fuir au-devant de lui.*

Phoebe secoua la tête d'un air pensif. *Ce poème, je le connais…*

Puis, elle sursauta. *Ce n'est pas un poème !*

C'est ma formule pour voyager dans le temps ! Mais, pourquoi... ?

Piper considérait Prue d'un air consterné. À travers ses paroles, elle aussi avait reconnu la formule magique. Mais, pourquoi... ?

Alors qu'elle s'apprêtait à répéter le charme, Prue jeta un regard intense à ses sœurs, comme pour les inciter à lui faire confiance, à la suivre, à le prononcer avec elle.

Pour la deuxième fois, elle se mit à le réciter, et Phoebe commença à articuler les mots avec elle, bientôt imitée par Piper. Hors de lui, Nikos repoussa sauvagement Chloé pour se ruer sur Prue.

— Que faites-vous ? Je vous conseillerais d'arrêter tout de suitc. Sinon, vous allez regretter d'aller contre mes décisions !

Fermant les yeux, Prue ignora ses menaces et se lança une troisième fois dans son incantation.

— Ça suffit ! hurla Nikos avant de retourner vers Chloé.

— *Donnez-nous le pouvoir de nous en échapper...* continuèrent les trois sœurs.

— Je vais la tuer ! menaça Nikos en brandissant son couteau devant la jeune femme, blanche de terreur.

— *Et de fuir au-devant de lui*, achevèrent-elles enfin.

Aussitôt, une bourrasque balaya le vestibule où ils se tenaient, précipitant au sol chacun des mortels, et arrachant son poignard à Nikos.

Avec un cri de rage, il claqua des doigts pour le faire réapparaître dans ses mains, mais son arme ne lui obéit pas.

— Quoi !?

À la fois déconcerté et ivre de colère, il se redressa et ferma les yeux. À la position qu'il venait de prendre, Prue comprit son intention de se dématérialiser.

Mais rien ne se passa.

— Mes… mes pouvoirs ! cria-t-il. Que m'arrive-t-il… ?

— Vous savez quel jour on est, les filles ? demanda soudain Prue en regardant sa montre. Le quinze ! Nous sommes le quinze août !

— Mon anniversaire… murmura Nikos d'un air consterné.

— Un petit voyage dans le temps, lui dit Phoebe. Un tour de passe-passe typiquement Halliwell. Eh oui, on vient de sauter deux jours !

— Non ! s'écria-t-il en remuant désespérément les mains pour faire agir ses pouvoirs. C'est impossible !

— Désolée, c'est fait, lâcha Phoebe avec un petit sourire contrit. Et, qu'est-ce que tu m'as dit, déjà ? Ah, oui… que ton père t'avait jeté un sort ;

que, s'il n'y avait pas d'anneau à ton doigt le jour de tes vingt-cinq ans, tu serais banni... là-haut. Condamné à mener une existence banale, à errer parmi les mortels, sans aucun pouvoir magique. Dommage...

Anéanti, incrédule, tremblant de crainte, Nikos tomba à genoux.

— Non... articula-t-il d'une voix cassée. Ce n'est pas possible...

— Allez, Nikos, reprenez-vous, lui dit alors Prue. Il y a toujours les ressources humaines, là-haut. Bye, on se retrouve sur terre !

Sur ces mots, elle claqua des doigts à la manière du prince qu'il n'était plus, et il entra en lévitation, avant de se dématérialiser en un nuage lumincux. Une boule de feu se forma, puis disparut dans un crépitement infernal.

Nikos était banni du royaume des morts.

Phoebe jeta alors un coup d'œil à la salle à manger.

— On dirait que ceux-là ne s'arrêteront jamais de faire la fête, commenta-t-elle. Mais, il vaudrait quand même mieux filer d'ici avant qu'ils ne se rendent compte de la disparition de leur prince.

Prenant les mains des mannequins encore sous le choc, les trois sorcières les entraînèrent à travers les couloirs du palais d'Hadès.

Une fois dehors, ils se mirent en marche le

long du cours d'eau, lorsque Prue suggéra à ses sœurs :

— Je propose de ressortir des Enfers par la « porte principale », si personne n'y voit d'inconvénient. Je préfère cent fois avoir affaire à Charon qu'à ces redoutables Sirènes. D'autant qu'il nous reste de quoi le payer.

De la poche de son short, elle extirpa le précieux encrier de cristal qu'elles avaient eu l'idée d'emporter en partant.

— Et nos modèles ? lui demanda Piper. Tu crois qu'ils supporteront la marche ?

— Il faudra bien. La vraie question est de savoir si *nous* on pourra supporter leurs geignements.

— Ce qui compte surtout, ajouta Phoebe, c'est qu'on a retrouvé le Pouvoir des Trois. C'est notre force et, avec elle, on est invincibles !

14

— Il y a quelqu'un ? appela Prue en claquant la porte d'entrée pour se ruer dans le salon.

Elle traversa la pièce en courant et s'arrêta sur le seuil du jardin d'hiver. Personne. Heureusement, personne !

Puis elle contourna la Gorgone de pierre et se dirigea vers la cuisine, où elle trouva ses sœurs assises à table. Piper sirotait un thé glacé, et Phoebe se préparait un énorme sandwich au poulet et à la mayonnaise.

Devant ce spectacle, Prue ne put réprimer un éclat de rire.

— Quoi ? protesta Phoebe en repoussant une mèche blonde de son visage. C'est mon snack d'après le boulot. Tu sais bien que je meurs toujours de faim, en sortant de mon cours de peinture.

— J'espère que ce n'est pas encore un trop beau garçon qui agit sur ton métabolisme, plaisanta-t-elle avant de s'asseoir en face des deux filles.

— Hors de question ! rétorqua Phoebe. Le seul homme qui me branche, en ce moment, c'est Van Gogh.

— J'ai quand même du mal à croire qu'il y a une semaine à peine on se trouvait en train d'errer dans les Enfers…

— Avec cinq mannequins ! renchérit Piper.

— Heureusement qu'ils ne se souvenaient de rien en se réveillant, reprit Phoebe avant de glisser une olive dans sa bouche.

— Oui, ajouta Prue, un petit voyage à l'envers dans le temps a suffi à effacer leur sieste de deux jours.

— C'était un peu plus facile que de récupérer mes cheveux blonds, commenta Phoebe. Trois heures pour réparer les dégâts infligés par Nikos ! La coiffeuse a cru devenir dingue… après m'avoir traitée moi-même de folle pour avoir fait une chose pareille.

— Ah, ah, tu m'étonnes, sourit Piper. Au fait, Prue, à la façon dont tu as claqué la porte de l'entrée, tu as certainement quelque chose d'important à nous annoncer. Je me trompe ?

— Non, effectivement. Je sors du *415*, dit-elle en extirpant sa photo sépia d'un classeur.

M. Caldwell l'a adorée ! Il l'a trouvée « magique », pour reprendre son terme.

— Magique ? répéta Phoebe. Il est bien perspicace, dis-moi.

— Et j'ai obtenu la couverture ! s'exclama Prue.

— Oh, c'est génial ! lança Piper en bondissant pour l'embrasser.

— Voilà, tu lui en as mis plein la vue, dit Phoebe. C'est ce qu'il voulait, non ? Et tu n'as pas eu à vendre ton âme pour ça ! Je vous présente ma grande sœur : le talent à l'état pur !

— Ça me rappelle une autre chose que j'ai vue aujourd'hui, dit Prue en souriant. Regardez ça.

Elle sortit de son sac un journal qu'elle feuilleta rapidement, pour s'arrêter à l'une des dernières pages.

— La rubrique nécrologique… s'étonna Phoebe. Qu'est-ce qui te fait sourire, Prue ? On connaît ce type ? Il est mort, bon. À quatre-vingt-dix ans, ça n'a rien de surprenant.

— Non, ce n'est pas ça que je te montre. Regarde, en bas, qui est responsable de la rubrique. Lis le nom.

— Mitchell Pearl… lut Piper avant d'écarquiller les yeux. Quoi ? *Ton* Mitchell ?

— Parfaitement. Sans les diaboliques relations

de Nikos, il serait peut-être en train d'écailler des poissons, en ce moment.

Les trois filles éclatèrent de rire, puis Piper demanda :

— Et, à propos, notre tout nouveau mortel, Nikos ? Quelqu'un l'a vu dans les parages ?

Phoebe secoua la tête.

— Peut-être que je devrais aller voir au zoo, chez les reptiles. J'ai cru comprendre qu'il aimait les serpents.

— En tout cas, je crois qu'on a battu un record, déclara Prue en croquant une pomme chip. On est deux à avoir craqué au même moment pour un démon. C'est incroyable, non ?

— Oui, c'est incroyable, répéta Phoebe. On n'a vraiment pas de chance avec les hommes !

— Peut-être, mais au moins vous ne vous ennuyez pas, dans la vie, se plaignit Piper.

— Et toi, tu t'ennuies, peut-être ? s'indigna Prue. En deux jours, tu es montée jusque dans l'Olympe, tu as parlé à Zeus, tu as vaincu un Cerbère, une Harpie, des Sirènes et j'en passe, et tu es allée faire deux tours aux Enfers… ! Qu'est-ce qu'il te faut de plus !

— Oui, c'est vrai. Mais, à nous trois, on a tellement bien résolu le problème que ces aventures commencent déjà à me sortir de l'esprit.

— Tant mieux, reprit Phoebe, parce que je suis

sûre qu'il y en a d'autres qui nous attendent au coin de la rue.

— Peut-être, intervint Prue, mais, avec le Pouvoir des Trois, rappelez-vous, nous sommes…

— Invincibles ! crièrent-elles ensemble.

Achevé d'imprimer sur les presses de

BUSSIÈRE

GROUPE CPI

à Saint-Amand-Montrond (Cher)
en mai 2002

FLEUVE NOIR
12, avenue d'Italie
75627 Paris Cedex 13
Tél. : 01-44-16-05-00

— N° d'imp. : 22842. —
Dépôt légal : juin 2002.

Imprimé en France